JULIO CERQUETANE

O FIM DA DEPRESSÃO

Literare Books
INTERNATIONAL
BRASIL · EUROPA · USA · JAPÃO

Copyright© 2024 by Literare Books International
Todos os direitos desta edição são reservados à Literare Books International.

Presidente:
Mauricio Sita

Vice-presidente:
Alessandra Ksenhuck

Chief Product Officer:
Julyana Rosa

Diretora de projetos:
Gleide Santos

Capa:
Lucas Yamauchi

Imagem da capa:
iStock

Projeto gráfico e diagramação:
Gabriel Uchima

Editor júnior:
Luis Gustavo da Silva Barboza

Revisão:
Daniel Muzitano e Rodrigo Rainho

Revisão textual-artística:
Edilson Menezes

Chief Sales Officer:
Claudia Pires

Impressão:
Gráfica Paym

Dados Internacionais de Catalogação na Publicação (CIP)
(eDOC BRASIL, Belo Horizonte/MG)

C416f   Cerquetane, Julio.
         O fim da depressão: como abandonar a mochila do sofrimento e retomar a alegria de viver / Julio Cerquetane. – São Paulo, SP: Literare Books International, 2024.
         200 p. : 14 x 21 cm

         Inclui bibliografia
         ISBN 978-65-5922-710-5

         1. Depressão mental. 2. Autoestima. 3. Técnicas de autoajuda. I. Título.

CDD 616.8527

Elaborado por Maurício Amormino Júnior – CRB6/2422

Literare Books International.
Alameda dos Guatás, 102 – Saúde– São Paulo, SP.
CEP 04053-040
Fone: +55 (0**11) 2659-0968
site: www.literarebooks.com.br
e-mail: literare@literarebooks.com.br

O FIM DA DEPRESSÃO

*Aos meus filhos **João** e **Pedro**,
fontes naturais da minha inspiração.
E aos meus filhos **Henri** e **Enzo**, in memoriam,
por emanarem do plano divino a poderosa
energia que nos mantém eternamente conectados.*

AGRADECIMENTOS

A alegria não cabia dentro de mim e transbordou por todas as páginas, momento a momento. Não poderia ser diferente nesse breve relato tão importante e significativo.

Eu o fiz só depois que finalizei a obra, com tudo concluído, para sentir-me envolvido em completo estado de êxtase e espírito de gratidão.

Existe uma força sobrenatural que rege todas as coisas, que não consigo explicar ou compreender, apenas sentir e isso basta, pois tamanha força esteve presente durante todo o processo da escrita.

Essa força agiu e me permitiu, com humildade, ser instrumento das soluções que entrego nesse mágico processo de criação.

Não me refiro a algo especificamente sobrenatural, tampouco quero dizer que tenho algum privilegiado poder. Nada disso, todos nós podemos fazer uso dessa força, apenas precisamos abrir espaço para que isso aconteça.

Meu maior agradecimento começa por Ele: sou grato por Sua intervenção divina nos momentos mais torturantes de minha existência. Quando me deparei com os momentos mais drásticos, a Sua luz me guiou de volta à vida. Então, agradeço muito a Deus, pois estou aqui, firme e forte, graças à sua generosa mão estendida.

Foi uma viagem terapêutica essa escrita, atravessando memórias e lembranças, principalmente da infância, da adolescência e do momento atual, um exercício de resgatar pessoas especiais e amizades construídas ao longo dos meus mais de 50 anos de caminhada.

Sem nenhuma exceção, acredito que essas pessoas passaram por minha vida com um propósito e espero ter contribuído de alguma forma, em retribuição.

Não dá para confiar na memória, que pode falhar. Por isso, evito citar nomes pelo receio de esquecer alguém que certamente é especial, mas não posso deixar de nominar algumas pessoas fundamentais à nova fase após a libertação, essa que talvez seja a mais prazerosa da minha vida, por encontrar aquilo que realmente me dá prazer, que é escrever.

Usando uma linguagem familiar que remete à formação acadêmica de contador, a longa lista de amizades construídas desde a infância é o meu maior ativo, incluindo as pessoas que pude conhecer por meio da experiência profissional, que já soma décadas de trabalho duro, com excelentes trocas de energia, carinho, amor e atenção.

Tenho a felicidade de agradecer aos amigos inesquecíveis da amada Tambaú, que carrego no coração, estendendo essa gratidão aos amigos construídos em minha segunda casa, que é a calorosa Ribeirão Preto, além de outros tantos conectados pelo Brasil afora, e não são poucos. Espero que essa lista só aumente, pois isso me dá prazer.

Com certeza, é uma nova fase da vida em processo de transição e adaptação, porque continuo com a jornada comercial, e agora adoto um novo olhar para a carreira, com um pé na literatura e outro na vida de palestrar. Assim, agradeço aos que têm ajudado nessa desafiante etapa.

Tudo foi muito rápido e intenso, nem vi o tempo passar. Comecei a escutar de alguns amigos: "Você é um escritor e palestrante", algo que jamais imaginaria, mas pude ver que uma porta se abriu durante a caminhada, um mistério que emanou graças ao tema da obra, o processo de depressão que vivenciei. E sim, é exatamente isso que você entendeu.

Nada disso teria acontecido se eu não passasse pelo processo, se não tivesse dentro daquele quarto escuro mergulhado na tristeza, o que me trouxe a lição de não fazer julgamentos diante das dificuldades, pois as oportunidades brotam dos momentos mais sombrios.

Quero ressaltar a importância da família nesses momentos de grande dificuldade e registrar um agradecimento generalizado. Cada um de vocês, tenha feito o que pôde fazer, foi de grande ajuda.

Eu acredito muito na energia que recebemos dos

que vieram antes, ainda que não estejam mais nesse plano. A vocês reverencio minha gratidão, pois devo minha existência a vocês: o primeiro e maior amor da vida, a minha querida mãe, Ruth, que teve muita garra e perseverança para honrar o seu papel, dando todo amor e carinho que eu e Patrícia, minha irmã, merecíamos. Ao meu querido pai, José, com seu sorriso cativante que transbordava de alegria ao me ver, um amor que jamais precisou de palavras, já que o olhar era suficiente para descrever tudo o que sentíamos. Lamento muito que não tivemos tanto contato, mas esse pouco tempo foi um verdadeiro presente que honro nesse momento.

Minha gratidão aos avós paternos, que não conheci, mas faço questão de honrá-los. E, em nome de uma infância inesquecível, uma mensagem direta: obrigado, vovô Júlio e vovó Angelina, por cuidarem de mim enquanto minha mãe trabalhava arduamente. Convivemos de forma intensa e saibam que eu admiro a sua força de imigrantes italianos que tiveram coragem para se arriscar numa empreitada em outro país, sem nenhuma segurança, movidos pela vontade de vencer. O mesmo aconteceu com os meus avós paternos que imigraram, mas infelizmente só os conheci por meio das histórias em família que relatavam sua coragem e força.

Obrigado a todos que me antecederam: bisavós, tataravós e todos os outros antecedentes, uma corrente quase interminável de pessoas, que permitiu a minha existência. Esse é o momento de homenageá-los, pois, de alguma maneira, sei que estão presentes dentro de mim. Ainda que não os tenha conhecido, sua energia está impregnada em mim e alimentam o meu espírito da busca.

Às minhas maiores riquezas, os meus quatro filhos Henri, Enzo, João e Pedro. Ainda que os dois primeiros não estejam mais nesse plano, eles permanecem "fazendo parte da minha vida", estão presentes dentro de mim. Obrigado, Thaís, pelo apoio e por todos os cuidados com os nossos filhos.

Aliás, são vocês, meus filhos, que permitem a minha compreensão mais aprofundada sobre o que é o amor verdadeiro e me mostram uma alegria que transcende qualquer explicação, o júbilo.

À amada e querida irmã Patrícia, que generosamente divide comigo o presente da fraternidade, que me dá a chance de conviver com esse elo essencial de vida. Permaneceremos juntos para sempre, assim como a minha princesa e afilhada, Nicolle, que tanto amo.

Que todos vocês, meus familiares, se sintam agradecidos e honrados. Como a lista é muito grande, alguns primos podem representar vocês nessa gratidão, pessoas que me ensinaram o verdadeiro sentido da palavra "família", os amados primos Sandrinha e Marcão, que estenderam suas mãos quando mais precisei, durante o momento em que estava no abismo chamado fundo do poço, com muita conversa, café e aconselhamento, sempre transmitindo calma e sabedoria em cada momento difícil. Toda retribuição minha ainda será insuficiente diante do tamanho do amor que recebi de vocês.

Na mesma linha desse reconhecimento familiar, gratidão aos primos Lino e Anelise. Mesmo geograficamente distantes, vocês foram muito atenciosos e generosos durante as tantas horas de telefonemas trocados.

Gratidão aos amigos que me receberam como se eu fosse de sua família. Quero ressaltar a importância de vocês, espero que recebam essa mesma energia que vocês sempre emanaram para mim. A começar por aqueles que partiram, saibam que sempre estaremos conectados em qualquer dimensão.

Quero agradecer em especial a um anjo da guarda que estendeu suas mãos quando já não havia mais luz, o Rafael. Muitas bênçãos a você, sempre.

Por fim, um agradecimento mais do que especial às pessoas que acreditaram no conteúdo e permitiram que este livro nascesse. Vocês foram fundamentais nessa nova fase, porque, de forma direta ou indireta, tiveram um papel fundamental em meu processo de escrita, transformando um enorme volume de informação compilado em vários cadernos cheios de reflexões, frases e pensamentos.

Dentre essas pessoas, preciso citar o nome de duas delas que são muito especiais: Edilson Menezes e Dany Sakugawa, vocês mantiveram acesa dentro de mim a chama literária e extraíram o que há de melhor em minha essência.

Um agradecimento especial ao dr. Pedro Borsato, por prefaciar o livro, um ser humano especial que se dedica à psiquiatria, que acompanhou e conduziu todo o tratamento como médico responsável por uma das fases mais difíceis do meu processo de libertação.

A todos que fizeram parte do processo construtivo e literário nesse mundo mágico que é a criação, e que trabalham para que o livro chegue aos olhos do leitor; vocês têm minha profunda admiração e meu total respeito.

Que a nossa caminhada seja feita de muito amor e alegria. Muito obrigado pelo carinho de todos e faço votos de que as alças da mochila do sofrimento jamais se aproximem de suas costas!

ALERTA:
NOTA DE ESCLARECIMENTO

Todas as lições e inspirações têm caráter pessoal, baseadas na vivência do autor, que enfrentou a depressão e se libertou cinco anos depois. Nenhuma informação deve ser considerada como orientação médica ou terapêutica. Se você está vivenciando um processo depressivo, procure a ajuda médica, que pode ser oferecida por psiquiatras, psicólogos e outros especialistas em saúde mental, além do CVV (Centro de Valorização à Vida) e outros órgãos competentes.

PREFÁCIO

O mundo mudou e a medicina, como ciência à disposição da sociedade, vem procurando investir esforços para acompanhar a nova dinâmica da vida em sociedade, marcada por problemas e enfrentamentos que os séculos anteriores não conheceram.

Quando fiz minha faculdade nos anos oitenta, a ciência olhava para um mundo em franco crescimento e combatia doenças que o século XXI só conheceu por nome.

Dentre as doenças da mente que pareciam de maior potencial nocivo à humanidade, a depressão era uma das que mais preocupavam a comunidade médica.

Realmente, o temor que tínhamos se confirmava a cada ano. A medicina, por sua vez, procura prevenir, contribuir e resgatar o paciente que vivencia o processo de depressão, o que representa um desafio sem precedentes porque a doença é impiedosa.

E, claro, não só a classe médica se dedica e empreende esforços nesse sentido. A sociedade como um todo vem se movimentando para dar a sua contribuição, seguindo o nosso instinto natural de preservação da espécie.

Nesse sentido, a imprensa, o cinema, a música e outros formatos de cultura e arte produzem documentários, filmes e livros que vão ajudando a desmistificar o tema, a extrair o tabu que permeia a depressão, visto que é comum ver a família e os amigos do paciente evitarem falar abertamente e sem filtros, discutindo a depressão, recorrendo à medicina para buscar ajuda, o que muitas vezes resulta em uma demora que dificulta o tratamento.

Quando fui convidado a prefaciar, automaticamente me lembrei dos dois anos em que acompanhei e me dediquei ao paciente que me procurou, e agora oferece o seu testemunho em detalhes, visivelmente com o objetivo de contribuir para a luta de outras pessoas e famílias que estão lidando com a depressão. Sem dúvida, não cabe a mim avaliar os argumentos do autor como médico que sou, até porque o autor não é médico.

Ao contrário, cabe a mim fazer a apreciação pela perspectiva humanística que é presente e salta aos olhos. O autor, portanto, não procura defender soluções ou ideias como se fosse um profissional da medicina. Em vez disso, faz um relato corajoso, biográfico e sem cortes de cada fase da sua doença, mostrando por meio de exemplos reais o quê e como fez para procurar tratar aquilo que ele mesmo intitula como "a mochila do sofrimento".

O autor ensina e demonstra que, diante da pressão, corremos contra o tempo, como se o mundo tivesse dia e hora para acabar. Ainda segundo ele, esquecemos de fazer pausas.

Assim como este texto tem vírgulas exatamente para isso, precisamos de pausas no cotidiano para respirar, absorver. Essa talvez seria a maior conquista que o ser humano saudável poderia comemorar, aprender a fazer pausas, cujo caminho defendido pelo autor dá-se com o tempo, a maturidade e o autoconhecimento.

Durante a jornada nesse mundo, enfrentamos obstáculos difíceis de superar: lutos, abusos, divórcios, perdas financeiras, e muitos outros problemas que podem abalar a saúde física e emocional. Um exemplo claro disso está aqui, neste livro, com todas as experiências vividas pelo autor que hoje, saudável e consciente, consegue fazer a leitura das ações que o levaram ao processo de depressão, bem como as ações que dois anos depois contribuíram com seu processo terapêutico.

Esse há de ser o maior legado deste livro, mostrar "como" os obstáculos e as grandes dificuldades geraram para ele aprendizados, transformações e conquistas. Afinal, existem várias teorias, mas o autor mostra na vida real o quê e como fez.

Outro ponto crucial é que a depressão foi detalhada pelo olhar do próprio autor que viveu o processo, deixando evidentes as suas dores, os seus medos e as suas gradativas vitórias. A obra, percebo, há de ajudar e inspirar por três contemplações.

1) Mostra "o que se deve fazer" para evitar a depressão, contribuindo com a vida de quem está desfrutando de plena saúde;

2) Inspira e aponta como a pessoa deprimida pode dar os primeiros passos em busca do que é primor-

dial, a ajuda profissional;

3) Contribui para a reconstrução do elo familiar, visto que é comum o paciente deprimido ficar de certa forma "isolado" em relação aos familiares e amigos.

Listei apenas três motivos que tornam a leitura fundamental, mas poderia elencar muitos outros. Apesar de retratar o tema "pesado" que é a depressão, as possíveis contribuições foram apresentadas com leveza e tato, gerando um texto facilmente compreensível.

De maneira bem simples, clara, objetiva, e algumas vezes até didática, utilizando o recurso de analogias e figuras de linguagem, o autor mostra como abandonar a mochila do sofrimento e voltar a sorrir.

A beleza da vida, revela o autor, não está fora. Aos olhos dele, o verdadeiro milagre existencial mora dentro de você. Assim, acredito que a leitura vai trazer grandes ensinamentos, proporcionando reflexões e um novo olhar para a jornada, a família, os amigos, o trabalho, a vida como um todo.

Por último, ainda me lembro do dia em que recebi o autor no consultório. Dentre as tantas sessões, uma frase foi bem marcada:

— Nós vamos dar um passo de cada vez.

Com o seu livro em mãos, constato que você continua fazendo o que trabalhamos, com uma diferença: agora, está ajudando o semelhante a dar esses tão necessários passos.

Dr. Pedro Borsato

INTRODUÇÃO

Começo por uma pergunta, se você me permite. Você já reparou que, na vida de muitas pessoas, existe uma ferida aberta, ainda não cicatrizada, que precisa ser curada?

Às vezes, podemos tirar e refazer o curativo para limpá-la. Em outros casos, talvez deixá-la sem nada para secar e posteriormente se curar, mantendo-a exposta para acelerar o processo da cicatrização e formar a casquinha. Não seria esse o melhor caminho?

Existem dores que vêm de pequenos cortes, mínimos machucados que podem provocar dores mais intensas do que cortes bem maiores. Ou seja, um pequeno corte no dedo pode trazer dores mais incômodas do que supostas grandes perdas na vida e vice-versa.

Observe com essa simples analogia como as pequenas coisas que acabam acontecendo no dia a dia têm o poder de afetar e interferir diretamente na nossa condição de vida.

Veja, por exemplo: às vezes, uma palavra mal colocada ou uma atitude impensada, vinda de alguém que amamos, pode acabar nos ferindo emocionalmente, desde coisas simples e supostamente inofensivas, mas que podem causar dupla interpretação e até dano na relação.

Ao perceber que já interferiu diretamente no estado emocional, e por consequência acabou atrapalhando o dia, ou a semana, e quem sabe até o mês inteiro, muitas vezes essa atitude pode provocar até um certo distanciamento, colocando em risco o relacionamento antes estável e duradouro.

Trazendo a reflexão para a sua vida, você já pensou em se convidar a fazer um pequeno exercício de lembrar de algo que tenha acontecido com você? Mesmo sendo uma ação pequena, como aquele exemplificado corte no dedo, aparentemente desprezível, pode ter causado algum tipo de dor incômoda, que merece atenção e cura.

Claro, não se trata apenas de reviver o passado, nem vasculhar algum tipo de mágoa, ressentimento ou sofrimento. Mas o exercício de pensar traz consciência e clareza para algum fato que, impensadamente, a pessoa praticou com você ou vice-versa, quem sabe até distanciando essa pessoa da sua vida.

O desentendimento pode estar em qualquer âmbito das relações. Muitas vezes, esses conflitos ocorrem entre pessoas que amamos de forma incondicional, com mãe, pai, irmãos, tios, primos, ou até entre amigos que gostamos muito, por quem cultivamos uma amizade verdadeira.

Assim como os pequenos cortes incomodam, machucados e feridas maiores de difícil cicatrização também causam grande dor e sofrimento, o que demanda exercícios diferentes, mexendo diretamente com a nossa maneira de pensar e agir.

Eis o cerne e o propósito da obra que está diante de seus olhos e, aproveitando a ocasião, desejo a você boas-vindas e boa leitura: o objetivo central é *promover uma experiência de reflexões sobre a vida, para que possa acessar a paz de espírito e a alegria interior.*

Mas você logo em seguida poderia me perguntar: como eu faço isso? Como eu consigo acessar isso?

É exatamente esse o meu humilde propósito: apresentar ações que permitam a você acessar algumas portas para a expansão da consciência, onde residem a saúde e a cura.

Faremos isso através de um recurso natural que podemos chamar de "nova consciência". E, afinal, por que "nova"? Explico: é a sua consciência vista de uma nova maneira, como se você passasse a refletir de um novo jeito, "consciente" de tudo o que necessita para acessar a alegria e a felicidade. Essa nova consciência permitirá uma conexão com a paz de espírito e a alegria interior. Eu diria, portanto, que ela é a chave-mestra para abrir as portas que você merece e precisa.

Muitos falam sobre depressão, e sou admirador de todos os profissionais que lutam contra a doença. De minha parte, conheço o lado de cá da doença, pois a enfrentei durante longos cinco anos de desespero e luta, enfrentamento e vitória, o que me permitiu mergulhar profundamente nos estudos do tema, já que vivenciei, na própria pele (e mente), os efeitos devastadores do processo de depressão, bem como todos os sintomas desse mal que aflige parte da população mundial.

Ninguém havia me explicado sobre as causas, muito menos os principais sintomas, então precisei descobrir sozinho, vivendo intensamente esse mal chamado depressão.

Pude sentir na pele todos os sentimentos que brotam dela: ansiedade, angústia, desânimo, cansaço, insônia, incapacidade de sentir alegria e prazer com atividades anteriormente agradáveis, desinteresse pela vida, desmotivação, sentimento de medo, desesperança, sensação de inutilidade, pensamentos de morte, sentimento de fracasso, indiferença, interpretação distorcida da realidade, diminuição da libido, perda de apetite e peso, problemas estomacais, tensão na nuca e nos ombros, pressão no peito, dificuldade de concentração, perda de foco, ausência de disciplina, baixa capacidade de raciocínio, esquecimento por ausência de memória, alto nível de estresse e insatisfação, sentimento profundo de infelicidade, isolamento social, limitações de compreensão, desejo de permanecer em silêncio e recluso, sentimento de insegurança, alimentada pelos medos e pela sensação de perseguição.

Como se pode perceber, não é pouco e não é fácil lidar com tantas questões ao mesmo tempo. Foi uma verdadeira avalanche de emoções. Comecei a sentir os sintomas, que foram aumentando gradativamente, em

2017, mas somente no ano seguinte dei-me conta do abismo em que me encontrava.

Ainda em 2017, o choque de realidade deu-se quando vi uma foto ao lado dos meus dois filhos, com 17 quilos a menos em relação ao meu peso habitual. Ou seja, com uma aparência cadavérica que todos já tinham percebido.

Busquei apoio psicológico, mas o quadro foi se agravando, e pude perceber a gravidade através das grandes mudanças que repentinamente tomaram conta da minha vida.

Formou-se um conjunto de situações e acontecimentos que jamais imaginaria passar e sentir, nem nas minhas piores projeções, e isso demonstra o tamanho do poder destrutivo que esse mal chamado depressão pode causar ao ser humano.

Nas palestras que ministro Brasil afora, costumo dizer que não escolhi ter depressão, ela que me escolheu.

Vou me esforçar durante toda a entrega da obra para você compreender melhor e, talvez, até estender a mão a alguém que esteja vivenciando uma situação parecida com a que enfrentei.

Espero mostrar que a depressão, na maioria das vezes, pode estar associada a fatores psicológicos e até psicossomáticos. A vítima da depressão pode acabar "construindo" um quadro emocional que deságua num estado de tristeza profunda.

Inclusive eu, que conheci a doença como vítima, espero humildemente contribuir com a comunidade médica que talvez acesse o relato e, quem sabe, por meio dele, possa ajudar outras vítimas.

No mundo inteiro, milhões de vítimas sofrem desse mal. Algumas estão conscientes e em tratamento. Outras, em negação. Um terceiro grupo talvez sequer imagine estar doente. No futuro, decerto, outros muitos ainda sofrerão com a doença. Numa analogia, a depressão é sorrateira como a hipertensão, que às vezes se instala no sistema de maneira discreta.

Depois que a pessoa passa por todo esse processo e consegue retomar a consciência, dá para ter clareza de quanto a depressão há de ter impactado a vida familiar, profissional e social. Digo isso porque vi de perto (e não é culpa das pessoas próximas, nem da vítima de depressão) que existe uma tendência a isolar o deprimido.

Se tiver uma festa ou um evento qualquer, a tendência é não convidar "o cara que anda tristonho", "o cara que não é mais o mesmo" e tantos outros termos que são usados com a tentativa de explicar o inexplicável, já que os familiares e amigos não entendem como aquela pessoa, antes sorridente, se tornou tão apática.

Usando mais uma analogia, a vítima de depressão é como a vítima do afogamento. Não sei se você sabe, mas se tentarmos salvar um afogado de frente, peito a peito, a tendência é que esse afogado arraste o salvador para o fundo do oceano. Logo, quem fez treinamento sabe muito bem que o ideal é salvar a pessoa pelas costas, com o braço no pescoço da vítima. Assim acontece com aquele que tenta salvar o deprimido ou o afogado: se você não está capacitado a mergulhar para salvar um afogado, deixe para quem sabe. Se você não está capacitado a ajudar um deprimido, deixe para quem sabe. No primeiro caso, o bombeiro é o profissional ideal. No segundo, psicólogos e psiquiatras estão à disposição da sociedade.

Portanto, se você me permite a dica: nunca, nunca procure dizer "isso é frescura", "isso é falta do que fazer", "isso é desculpa para não enfrentar a vida", "isso é pretexto para não ir trabalhar". Somente quem sofre a depressão sabe o tamanho da bigorna que carrega nas costas.

Assim dito, seja bem-vindo(a), boa leitura e espero que aproveite ao máximo, pois não vou economizar soluções em relação ao que enfrentei e venci. Sim, ao todo foram cinco anos de batalhas que pareciam intermináveis, mas saí vencedor do embate final.

Minha ideia é descortinar tudo o que vivi e senti, para que outras vítimas de depressão, talvez, possam enfrentá-la na seguinte ordem:

a) Compreender, aceitar que está doente, que merece e deve buscar ajuda;
b) A partir dessa ajuda obtida com os profissionais competentes, aumentar a capacidade de defesa e reação;
c) Vencer e libertar-se da depressão.

SUMÁRIO

CAPÍTULO 1
O APARENTE FIM DO TÚNEL.............. 33

CAPÍTULO 2
O INÍCIO DA METAMORFOSE.............. 49

CAPÍTULO 3
CONECTE-SE À ENERGIA V3 61

CAPÍTULO 4
O QUE DISSIPA A ENERGIA V3........... 75

CAPÍTULO 5
COMO LIVRAR-SE DA MOCHILA
DO SOFRIMENTO 93

CAPÍTULO 6
TRÍADE, PARTE I: NÃO JULGAMENTO 105

CAPÍTULO 7
TRÍADE, PARTE II: NÃO COMPARAÇÃO 121

CAPÍTULO 8
TRÍADE, PARTE III: ACEITAÇÃO 135

CAPÍTULO 9
AS REDES SOCIAIS E A DEPRESSÃO.................151

CAPÍTULO 10
A METAMORFOSE 171

CAPÍTULO 11
QUAL É O VERDADEIRO SENTIDO DA VIDA?.....187

CAPÍTULO 1
O APARENTE FIM DO TÚNEL

Pois bem. Você leu a introdução e sou grato pela nossa conexão, pela sua escolha de colocar a obra diante dos olhos. Vamos começar!

De início, deixo claro que vou abrir o baú das memórias de um cara que enfrentou a depressão. Logo, nada mais natural do que "pesar a mão", revelando tudo. Mas não se preocupe, pois vou mostrar as dores, os efeitos, os sintomas, tudo, enfim. Passada a fase da revelação, retornaremos ao foco: a obra foi pensada e produzida de modo a gerar ferramentas e recursos contra a depressão. Não será, desta maneira, um conteúdo de lamentos, de vitimismo. Ao contrário, vou mostrar a dor das batalhas e a alegria da vitória.

Hoje, após tantos enfrentamentos diretos da depressão, percebo que ela acaba sendo construída dentro da pessoa que, aos poucos e automaticamente, se torna hospedeira da doença, refém dos pensamentos negativos, condicionados e repetitivos. Ou seja, a vítima acaba pensando e agindo de forma involuntária, atendendo às demandas que a depressão impõe à sua vida.

Outro ponto que observei é o fato de que ela nasce primeiro dentro da nossa cabeça, como um "monstro" construído, ou como um jogo de quebra-cabeça, ou de montar peças. No entanto, não há consciência sobre esse processo. Pelo contrário, a depressão sequestra nossa capacidade consciente e nos cega. Embora eu tenha exemplificado jogos, não é nada divertido e tudo acontece de forma impensada, sem que se possa compreender que esse mal foi construído de forma silenciosa dentro da mente.

Vejamos, a título de exemplo, um dado acadêmico: pesquisadores da USP avaliaram um grupo de pacientes entre 2020 e 2021, coordenados pelo professor da FM-USP, Geraldo Busatto Filho. Os profissionais observaram, após a pandemia de Covid-19, uma alta prevalência de déficits cognitivos e transtornos psiquiátricos, tais quais a depressão, a ansiedade e o estresse pós-traumático.

No estudo, o *transtorno de ansiedade* foi diagnosticado em 15,5% dos voluntários. Já o *diagnóstico de depressão* foi estabelecido em 8% dos pesquisados.

São números impressionantes, certo?

Todo o relato de minha luta é fruto do puro exercício observacional. Ou seja, eu vivenciei, olhei para dentro de mim e trouxe para fora todas as soluções que, a meu ver, podem ajudar o semelhante. Então, daqui em diante, sempre que você verificar as afirmações que faço a respeito da depressão, saiba que é "sob a minha perspectiva". Em resumo, não estou defendendo tese, nem invadindo o espaço dos psicólogos e psiquiatras. Tão somente partilho minha luta para melhorar a luta dos que leem. Assim acordado, vamos em frente.

A depressão é um transtorno que interfere na vida diária, reduzindo o interesse em realizar tarefas simples do cotidiano: trabalhar, estudar, comer, dormir, praticar esportes, estar com a família, frequentar os espaços religiosos, socializar, ler ou mesmo assistir a um simples filme.

Observei ainda associações a algum sentimento, desde a ansiedade, que precede a depressão, até outros: insatisfação, medo, infelicidade, irritabilidade, pessimismo, isolamento social, perda do prazer, insônia e preocupações exageradas e desnecessárias.

Segundo a Organização Pan-Americana da Saúde, a depressão é a principal causa de incapacidade em todo o mundo, e pasme, o Brasil é o país com maior prevalência de depressão na América Latina, além de ser o segundo país dentre as Américas. Já a Organização Mundial da Saúde vê a questão como o "mal do século XXI", uma doença silenciosa e ainda pouco compreendida, inclusive por quem sofre ou já sofreu seus males.

Em alguns países, é considerada epidemia devido ao crescente número de casos ano após ano, inclusive em jovens e adolescentes. O fato é que, por experiência própria, posso dizer que essa doença acaba por interferir na vida de todos que convivem com a pessoa deprimida.

Se você me perguntar sobre a origem, vasculhando a memória, posso dizer o seguinte: alguns fatores podem ter contribuído para agravar o meu quadro. Faço questão de narrar os relatos pessoais ou os fatos isolados que permitiram a chegada dela em minha vida, eventos, condicionamentos, crenças, pensamentos, emoções que abriram as portas para que a depressão se alojasse, me levando perigosamente ao lugar mais indesejado, o famoso "fundo do poço".

Os profissionais da psiquiatria apontam diversas possíveis conexões e portas que se abrem para a depressão: luto, traumas da infância, rupturas traumáticas de relacionamentos, perdas e prejuízos financeiros, falência empresarial, desemprego repentino, uso excessivo de remédios de uso controlado, problemas de natureza sexual, membros da família envolvidos com drogas, depressão pós-parto, vítimas de abuso e mudanças drásticas e significativas que alteram a rotina, entre outras causas.

Outros estudos indicam ainda que a depressão durante a infância e a adolescência, muitas vezes, se manifesta a partir de sintomas bem diferentes daqueles apresentados em adultos. A recomendação aos pais ou responsáveis é que fiquem atentos às mudanças bruscas de comportamento.

Voltando ao tema da doença em adultos, comigo a depressão deu pequenos sinais, chegou silenciosa e misteriosamente. O meu caso está longe de ser único, e muitas vítimas da depressão relatam que ela começa de forma branda, quase imperceptível, aflorando por meio de pequenos sinais de ansiedade, passando para o estresse, a apatia (que foi marcante para mim) e outras sensações.

Aos poucos, os sinais se elevam e algum tipo de medo se instala na mente, talvez fruto de preocupações infundadas e desnecessárias, por serem negativas.

Alguns amigos chegaram a perguntar como o meu quadro depressivo se instalou de forma tão avassaladora. A resposta é que precisamos ficar atentos aos sinais antes que seja tarde demais, pois é com muita rapidez que tudo acontece e os motivos podem ser os mais variados: a insegurança sobre a vida ou o trabalho, o medo da escassez, o medo inconsciente da morte, ou de que algo grave possa acontecer com a família, uma pontual instabilidade financeira e quaisquer circunstâncias que venham a interferir nos relacionamentos.

Dentre os amigos que citei, alguns perguntaram como eu me sentia. Passei a não ver mais as cores do dia, esquecendo inclusive das coisas que mais admirava, como a beleza da natureza, a aurora e o crepúsculo. Deixei de observar as riquezas humanas que moram e convivem ao meu lado. Fui invadido por uma inesperada tristeza, de origem aparentemente desconhecida. Fui refém de um inexplicável vazio existencial, encarcerado por uma insatisfação que parecia não ter fim.

Não parava por aí a enorme relação de sintomas e sensações. Meus olhos não conseguiam mais enxergar a extensão da beleza de viver, como se o mesmo atencioso olhar de antes tivesse empobrecido.

Em resumo, parece que algo grandioso tinha morrido dentro de mim. Diante do espelho que jamais mente, a maior janela de percepção, que são os olhos, só conseguia refletir a tristeza que habitava em mim.

"Somos um reflexo direto daquilo que vivemos internamente."

Eu precisaria de, no mínimo, umas três obras para explicar em palavras o que sentia. Mas, resumidamente, posso reunir tudo em um combo que batizo como "insatisfação generalizada", que nasce da incompreensão da vida. É como se tivesse perdido a noção de quem eu verdadeiramente era, me dissociando da própria intimidade, rompendo a noção exata de quem eu era ou onde estava, o que vestia ou o que comia, o que desejava ou não gostava. Perdendo, em última instância, o poder de escolha.

Se alguém me perguntasse o que gostaria de vestir, uma camisa branca ou preta, minha resposta já estava pronta: qualquer uma.

"SOMOS UM REFLEXO DIRETO DAQUILO QUE VIVEMOS INTERNAMENTE."

Passei a transitar entre a insatisfação e o vazio, entre a incompletude e a limitação, a infelicidade e a indignidade. Parece que a vida perdeu o sentido, deixei de ver a graça de viver, como se todas as cores se transformassem em preto e branco, uma espécie de "sentimento de não ser mais útil ao mundo".

Minha mente, assaltada e dominada pela depressão, foi invadida por uma enxurrada de pensamentos negativos e involuntários, que geravam um misto de emoções e sentimentos conflituosos, de difícil compreensão. Era como se eu não me entendesse mais, ou passasse a ter dificuldade para conviver com as pessoas próximas. O mínimo de consciência que a depressão me permitia enxergar apontava para um fato: ninguém conseguia compreender o que estava acontecendo comigo, ninguém entendia o tamanho da dor que eu, deprimido, estava carregando.

Aos poucos, passei a ouvir comentários preocupantes das pessoas próximas:

— *Ele não fala mais nada?*
— *Por que ele anda tão calado?*
— *Alguém sabe me dizer por que ele ficou estranho?*

Escutei um pouco de tudo, de tudo um pouco...

O fato é que perdi o brilho de viver e a tristeza me abraçou. Uma enorme nuvem negra se instalou sobre a minha cabeça e a tempestade, obviamente, estava a caminho.

Vivia procurando o máximo de anonimato, buscando uma concha para me esconder à sombra da escuridão. Sem o poder de escolha, testemunhei minha vida virando de cabeça para baixo.

Estou ciente de que as minhas palavras podem ter uma conotação que choca, e sinto muito se assim foi com você. Por outro lado, não há exagero em tudo o que descrevi, senti na pele e na alma.

Palavras sempre serão insuficientes para descrever todas as emoções que afloram no corpo e na mente de uma pessoa deprimida.

Ora, tais emoções nascem da carga de pensamentos destrutivos que brotam na mente do deprimido, por isso não é fácil (para quem está saudável) compreender a capacidade destruidora que a depressão tem diante da vida do ser humano.

Com o seu potencial arrasador, numa analogia, posso afirmar que a depressão é como uma bomba atômica caindo em um vilarejo, a mente humana.

Você está lembrado(a) do combo da insatisfação que citei? Esse combo traz um grande incômodo existencial, fazendo com que o momento presente se torne indesejado. Assim, a vontade de "não estar nele" é intensa. Não consigo enumerar quantas vezes deixei de ter o mínimo desejo de sair da cama logo pela manhã, fosse para trabalhar, ficar com a família ou assumir qualquer tarefa antes prazerosa.

Encarar mais um novo dia, por vezes, era uma tortura, prevalecendo o desejo de permanecer dormindo.

Convenhamos, dado todo o relato que acabo de compartilhar: é possível compreender por que, frente a frente com a pessoa deprimida, aqueles que a amam não conseguem entendê-la.

> "A depressão é um universo particular.
> Aos olhos da pessoa deprimida,
> é difícil deixar alguém entrar."

Explicando a citação que acabo de partilhar, e posso argumentar com muito conhecimento de causa, nem sempre a família fecha os olhos para a vítima da depressão. Como aconteceu comigo, às vezes eu simplesmente não permitia a entrada de alguém no labirinto da tristeza em que me embrenhei.

A orientação que posso ceder a você, que tenta ajudar uma pessoa deprimida, é a seguinte:

a) **Ajuda** – lembre-se do que eu disse na apresentação, pois existem profissionais capacitados para tal;

b) **Aceitação** – sem constrangimento, aceite que existe um familiar precisando de ajuda;

c) **Não julgamento** – abra o coração sem julgar, porque o que a vítima de depressão mais enfrenta é o julgamento por parte de dois perfis:

1) **Proximidade** – daqueles que ele ama;

"A DEPRESSÃO É UM UNIVERSO PARTICULAR. AOS OLHOS DA PESSOA DEPRIMIDA, É DIFÍCIL DEIXAR ALGUÉM ENTRAR."

2) **Carreira** – daqueles com quem ele convive ou trabalha.

Vamos entender do "a" ao "c", do "1" ao "2", como isso se dá.

a) **Ajuda** – além de procurar psicólogos ou psiquiatras que possam apoiar no resgate da vítima da depressão, dê amor, carinho e, principalmente, ofereça a escuta passiva, dê ouvidos atenciosos. Não fale, não julgue, não tente prescrever receitas mágicas para uma doença sobre a qual você nada sabe;

b) **Aceitação** – a depressão é uma doença reconhecida pela comunidade médica internacional. Muitas famílias, por vergonha de terem um de seus membros entristecido e apático, preferem escondê-lo no quarto a fazer o que deveria ser feito: tratá-lo com amor e conduzi-lo ao especialista. A família, os amigos, os colegas da escola ou do trabalho. Todos esses entenderão que determinada pessoa precisa de tratamento. Portanto, em vez de esconder a vítima no quarto, em vez de descer pelas escadas para não ser visto, em vez de acordar cedinho e levar a vítima para um passeio, só para que ela não seja vista pelos outros, estenda a mão, encoraje-se, desapegue-se da vergonha porque, numa hora dessas, uma vida está em jogo;

c) **Não julgamento** – a mente humana, queiramos ou

não, constrói julgamentos a qualquer instante, de maneira involuntária e automática. Assim, embora seja difícil, aceite que não julgar equivale a não resistir. Ou seja, no lugar de oferecer resistência e intransigência diante da vítima de depressão, ofereça empatia e coração aberto, amor e compreensão, pois a vítima está mentalmente perdida em meio ao turbilhão de emoções, e há de ficar ainda mais ao ser julgada.

Como prometi, agora vamos entender como o julgamento costuma acontecer.

1) **Proximidade** – dentre aqueles que a vítima de depressão ama, portanto, os mais próximos, é possível que ela encontre a maior concentração de julgamento. Por exemplo, a pessoa amada diante da vítima de depressão pode julgar que deixou de ser amada, que um amante talvez exista. Os pais podem julgar que tal comportamento é "droga". Os irmãos podem julgar que a pessoa está "tentando chamar a atenção". Assim por diante, em todos os casos, lembre-se de que uma vítima precisa de ajuda;

2) **Carreira** – dada a pressão do mundo dos negócios, em qualquer empresa ou segmento, assim que um colaborador se afasta alegando problemas emocionais, começam os julgamentos: "É frescura",

"é preguiça", "não quer pegar no pesado" e por aí vai. Um recado que merece ser compartilhado com o líder e o gestor que você conhece: no Brasil e, claro, mundo afora, dentre as principais causas de afastamento estão as doenças de natureza emocional. Leve a sério, não julgue, não faça comentários depreciadores, nem comprometa a reputação da vítima de depressão. Saiba que, além de agravar o estado de saúde, comportamentos assim podem acabar nos tribunais. Então, esteja disponível para ajudar como puder, pois esse é o papel de líderes e gestores sérios, comprometidos com a empresa e a saúde dos colaboradores.

Quero agradecer a você pela companhia neste primeiro capítulo, e como deve ter observado, entreguei bastante material para o nosso pontapé inicial.

Como você percebeu, intitulei "o aparente" fim do túnel porque ele só parece invencível. Mas eu consegui sair dele e espero mostrar o caminho. Vamos em frente, que há muito por vir...

CAPÍTULO 2

CAPÍTULO 2
O INÍCIO DA METAMORFOSE

Eu sei que a metáfora da borboleta já foi utilizada por muitos colegas autores. Contudo, não posso me furtar à comparação. Aos poucos, a depressão coloca sua vítima num casulo e, para voltar a viver, em dado momento, é importante rompê-lo rumo à luz.

Nunca é demais lembrar que estou abordando um tema por mim enfrentado na pele, na mente, no coração. Conheci cada fase da depressão e seu enorme potencial para causar estrago. Aos poucos, vou oferecer a você um caminho tríade que funcionou comigo. Assim que chegar a esse trecho sobre o qual agora faço um *"spoiler"*, decerto você vai reparar que ali está "a alma" da obra:

a) Não julgamento;
b) Não comparação;
c) Aceitação.

Para alcançar esse caminho, precisamos fragmentar as soluções, entender cada pequena luta e cada grande vitória (sim, toda pequena vitória contra a depressão merece ser tida como grandiosa). Por enquanto, vamos abordar um recurso que foi crucial em minha luta, a energia.

Sim, estou me referindo à capacidade que temos para avaliar nossa força energética, a carga e a recarga de energia diária que precisamos. Afinal, a depressão entra sem pedir licença, sem bater na porta.

> **"A doença chega derrubando a porta mais preciosa do ser humano, aquela onde estão armazenadas as suas boas energias."**

A partir desse ponto, veremos juntos que é possível impor um ponto-final nos momentos em que havia pouca lucidez e racionalidade, nos tempos em que a pessoa deprimida mergulhou nas trevas da inconsciência e ficou imersa na escuridão. Veremos onde começa a surgir um horizonte que, naturalmente, vai sobrepondo e ressignificando as tristezas. É como se olhássemos para uma pequena e fugidia luz que está lá adiante, à nossa espera.

A angústia que outrora tomou conta de tudo e assumiu as rédeas da vida do deprimido vai perdendo força, ao passo que o grau de consciência vai se elevando. É como se houvesse a retomada da identidade que a própria depressão sequestra enquanto vai invadindo espaços.

Aquela incômoda impressão de que "um ser" se apossou do corpo e da mente vai saindo de cena e

"A DOENÇA CHEGA DERRUBANDO A PORTA MAIS PRECIOSA DO SER HUMANO, AQUELA ONDE ESTÃO ARMAZENADAS AS SUAS BOAS ENERGIAS."

o deprimido retoma quem é, passa a protagonizar os próprios passos, expressão que popularmente conhecemos por "caminhar com as próprias pernas".

É fácil? É simples? Não, evidentemente as coisas não acontecem como num passe de mágica, nem da noite para o dia, tampouco pelo simples desejo de mudar o que incomoda. Existe todo um longo caminho a ser trilhado, mas é importante que a pessoa deprimida tenha consciência de que cada passo é uma pequena vitória e, juntas, as vitórias representarão a retomada total do controle e da consciência.

Esteja ciente de um fato que costumo partilhar em minhas palestras: por tendência, a vítima de depressão assume uma postura "surda", "cega" e "muda", mesmo diante daqueles que ela mais ama. Claro que ela não o faz de propósito, e talvez nem saiba que tem agido assim, pois devemos nos lembrar de que a sua consciência foi sequestrada. Assim, é preciso formar e oferecer um conjunto, uma espécie de combo de apoio, que inclui amor, compreensão, paciência, compaixão e empatia, para que o deprimido consiga sentir e ouvir a ajuda que lhe é oferecida.

Por sinal, essa ajuda oferecida de coração aberto representa uma grande chance para que o deprimido deixe de se sentir um "estranho no ninho", ou "estranho no mundo", para que ele:

a) Perceba as mudanças comportamentais que tem adotado;

b) Volte a se reconhecer;

c) Recobre a vontade de conviver nos meios social e profissional;

d) Acredite na reinserção à vida em sociedade, em vez do isolamento e da quietude que podem parecer "confortáveis" aos olhos do deprimido.

Deixo evidenciado que não se trata de teoria. Eu vivi cada fase desse processo e posso testemunhar que, realmente, não é fácil ter a compreensão de tudo o que está acontecendo, razão pela qual é fundamental contar com pessoas que estejam dispostas a ajudar, sempre lembrando de que essa ajuda deve ser entendida como empatia, amor, compreensão, carinho. E sempre vale repetir: a pessoa que se propõe a ajudar nunca deve "tentar tratar" o deprimido, pois isso só cabe aos profissionais competentes.

As mudanças começam a acontecer com a vítima de depressão. Mas, num primeiro momento, é mais fácil que as pessoas próximas percebam, já que ela, cabe recordar, talvez não esteja se vendo, ouvindo ou sentindo. No meu caso, o comportamento começou a mudar, a característica mais marcante, a alegria, deu lugar à tristeza. O sorriso antes largo desapareceu do semblante. Quem me via sempre de bem com a vida, comunicativo e extrovertido, brincalhão e de sorriso fácil, de repente viu tudo isso mudar.

Para começar a acessar a alegria e a paz que não habitam mais na vítima de depressão, é preciso lembrar que a pessoa é um reflexo direto daquilo que pensa e sente, lembrando que o ser humano não é feito só de carne e ossos. Trazemos uma grande quantidade de energia em todos os sentidos e a depressão desfere seu ataque justamente onde encontra a maior fragilidade: disparando contra nossa energia, vampirizando, drenando nossa capacidade energética, razão pela qual a vítima quase sempre está prostrada, sem vontade para fazer nada.

A verdade é que o deprimido passa a viver uma nova vida marcada por todos esses sentimentos, que passam a fazer parte do dia a dia aflorado por uma enorme carga emocional e energética, sendo que a energia é dissipada e consumida antes de terminar o dia. Por isso, o deprimido quer cama a todo instante. Ele não consegue acumular a energia necessária para terminar o dia, vive esgotado, e muitas vezes, seu único ou maior desejo é descansar. Mas tenta dormir e quase sempre não consegue, já que vive cheio de preocupações e medos, o que também dificulta a reposição da energia. Aliás, é ela, a energia vital, que merece nossa atenção máxima.

Vamos começar por uma polêmica constatação. Quase todos os problemas de relacionamento é você quem cria.

Como assim? Respeitosamente, vou explicar.

Precisamos entender nossa responsabilização a respeito de cada processo que envolve decisão. Por exemplo, o medo que sinto fui eu que criei. Idem para o sentimento de raiva, ódio, ressentimento, e ausência de paz e de alegria interior. Seja para abrir mão ou adotar um sentimento, a decisão tem natureza pessoal e intransferível, sendo que o outro pode até nos causar algum dano, mas qualquer ação ou sentimento que oferece é como um "presente": basta aceitar ou não. No meu caso, simplesmente passei a não aceitar, a ignorar aquilo que não me serve ou não agrega nada positivo.

Sem dúvida, alguns poderiam pensar:

"Eu jamais criaria isso tudo em minha vida!"

"Por que eu criaria para a minha vida algo que só traria coisas ruins?"

Sim, compreendo que essas pessoas reflitam de tal maneira. Mas acredito que uma constatação há de ser unânime: tudo isso é criação nossa.

Criamos tudo de forma inconsciente e involuntária, fabricando a própria realidade, por mais dolorosa que seja. Partindo do princípio de que a pessoa deprimida mais reage do que discerne, sem dúvida a busca pela mudança desse panorama, que inclusive foi a minha, consiste em resgatar a consciência para entender a realidade que vivemos.

Somente depois disso, podemos pensar em criar uma outra realidade, aprendendo a desenvolver um novo olhar para as emoções destrutivas. Aí, sim, é possível acessar a tão sonhada paz, e dela brotar a alegria interior.

O corpo é um reservatório de energia que utilizamos ao longo do dia, muitas vezes em coisas produtivas, tal qual deve ser. Porém, às vezes desperdiçamos tempo e energia com ações ou pensamentos desnecessários e improdutivos, que não trazem nenhum tipo de resultado.

A vida deve ser um fluir de energia a ser vivida de forma leve, divertida, alegre, com momentos de contemplação, um desabrochar de acontecimentos sem nenhum tipo de resistência, atrito ou sofrimento. Logo, todo sofrimento é uma disfunção, um retrato pontual da vida que é experimentada pela dor.

A vida merece ser um mergulho no desconhecido, um deixar-se levar pelo fluxo natural dos eventos, sem se opor a eles. Ou seja, é o mesmo que aceitar tudo aquilo que o universo preparou para oferecer, sem julgamento, apenas agradecendo a tudo o que nos é oferecido.

É aí que entra a questão da energia. Todas as manhãs, acordamos com a energia vital recarregada ou, ao menos, é o que deveria acontecer. Aliás, é a principal função do sono, restaurar as energias, para desfrutar um novo dia.

Essa energia é fundamental para planejar, criar e realizar, para cumprir com todos os compromissos e até para realizar os sonhos. No entanto, nem todos conseguem dotar-se dessa energia vital elevada que facilita tudo, das mais simples tarefas aos maiores objetivos.

E, afinal, que energia é essa?

Há sempre um grande mistério no ar, porque desejamos entender a fundo de onde ela vem, e como recarregá-la.

Quero, sempre com humildade, fazer uma proposta diferente sobre a compreensão da força energética que a vítima de depressão pode retomar para virar o jogo. Vamos conhecê-la já!

CAPÍTULO 3

CAPÍTULO 3
CONECTE-SE À ENERGIA V3

Você já observou que existe um poder, uma magia nas palavras?

Por exemplo, Deus. Não quero abordar discussões ou assuntos religiosos, longe disso, apenas dizer que, muitas vezes, usamos as palavras no desejo de tentar compreendê-las. É como acreditar que o mapa de uma cidade seja a cidade, ou como confundir as placas que indicam o destino com o destino em si.

Deus é uma palavra curta que representa uma força grandiosa, poderosa, que não tem medida.

Mas, pensando no uso das palavras, também é válido dizer que, às vezes, nos apegamos a elas. Não estou desprezando o poder que há nas palavras porque elas são fundamentais. Inclusive, preciso e dependo delas para escrever este livro, expressar meus pensamentos, desejos e sentimentos.

Agindo, no entanto, como "escravos de um significado", acabamos nos afastando daquilo que está por trás da palavra, assim como fazemos com a palavra "Deus".

Deus é algo ilimitado, infinito, absoluto, supremo, que não caberia dentro da limitação de uma palavra.

A palavra Deus é limitada e não consegue alcançar a dimensão Dele, o poder, e a amplitude que está além. Não há como dimensionar a amplitude limitando-a a uma palavra.

Mas como precisamos dar uma palavra a Ele, caímos na armadilha de limitar o infinito, com a boa intenção de encaixá-lo a uma palavra finita, a fim de que Ele coubesse dentro da "compreensão de nossa mente".

"O ilimitado nunca caberá naquilo que é limitado."

Ao intitular a energia V3, procurei fugir dessa armadilha, mostrando a você que Deus, ser supremo, é muito maior do que quatro sílabas. Posso dizer que "brinquei" com a sonoridade da palavra **viver** em suas mais belas facetas. Confira: é **v**ital que **v**iva a **v**ida mais leve que você merece ter. Ou seja, energia V3.

Muitas pessoas buscam o neologismo dessa energia que chamei de V3 através do poder espiritual, utilizando as orações. Outras conseguem encontrá-la na meditação. Um terceiro grupo a alcança fazendo aquilo que ama, um quarto encontra na música, na pintura, em viagens, leituras e assim por diante.

É a partir do poder advindo dessa energia que conseguimos transformar sonhos em realidade. É dessa

"O ILIMITADO NUNCA CABERÁ NAQUILO QUE É LIMITADO."

energia que nasce o poder da criação, pois a paixão está por trás do feito. Não me refiro à paixão entre pessoas, mas sim da pessoa para consigo.

Por exemplo, quando você descobre qual é a sua verdadeira paixão na atividade profissional, há uma recarga natural de energia. Mesmo durante as fases que demandam excesso de atividade, o consumo de energia é baixo.

Voltando a exemplificar Deus e sua força, observe que criamos outras expressões para tentar entendê-lo melhor: salvador, onipotente, todo-poderoso, criador, eterno, céu. São palavras que cumprem o seu papel de caracterizar, mas sempre estarão limitadas ao desejo que nasceu da mente.

Pode-se dizer que, ao nomear uma palavra a algo, acabamos "nos separando" dela, porque a caracterizamos, criamos um conceito restrito àquela palavra, e a mente acredita que agora "já sabe o que é".

"O desejo de compreender uma expressão, em vez do seu significado, promove o distanciamento da compreensão."

A mesma limitação acontece com a palavra "energia". Como podemos compreender o que é a "energia" se não conseguimos vê-la, se não conseguimos pegá-la, apenas conseguimos senti-la?

A energia V3 é uma fonte inesgotável porque é o poder divino que a alimenta. Daí a importância

"O DESEJO DE COMPREENDER UMA EXPRESSÃO, EM VEZ DO SEU SIGNIFICADO, PROMOVE O DISTANCIAMENTO DA COMPREENSÃO."

de utilizar a experiência de vida e a percepção para seguir lutando.

Decerto, a pessoa deprimida poderia perguntar:

"Como entender o ilimitado se estou me sentindo tão limitado?"

"Como dar dimensão ao não dimensionável que tem assaltado minha mente?"

"Como caracterizar ou dar um conceito a algo que não se pode ver, nem tocar, apenas sentir?"

Antes de mais nada, é importante aquietar os pensamentos. Não é fácil, porque as pessoas próximas podem falar e insistir, mas o fato é que o deprimido nem sempre consegue calar a inquietude mental que tanto dói no peito.

Em dado momento, quando finalmente consegui entender isso, me ajudou bastante a concluir que sou "mais um ser humano" dentre quase oito bilhões, à procura de respostas, de alegria. A experiência ajudou a frear o assédio da inquietude, por sinal uma das principais marcas da depressão.

Posso afirmar (hoje, tenho total convicção disso, mas naquela época quase não percebi) que este foi um dos primeiros passos para a minha libertação.

À medida que me percebia como "uma pessoa que simplesmente deseja algo melhor para a vida", me aproximava do encontro com os recursos internos para reabastecer, revigorar, reviver diariamente o acesso a essa energia essencial à V3.

No meu caso, além do tratamento com o profissional competente e do apoio das pessoas próximas, foi fundamental mudar minha relação com o conceito "Deus". Antes, enxergava-o como um senhorzinho simpático que eu jamais poderia acessar, já que não tinha como vê-lo, medi-lo, saber onde mora ou tem ficado. Passei a entender que existe uma mínima porção de Deus em cada semelhante, uma pequena fagulha crística, porém grande o bastante para me colocar de pé três anos depois. Resumindo, quando consegui esse discernimento, já vinha enfrentando a doença há dois anos.

Contudo, essa foi a minha experiência, que representa os passos iniciais da libertação a partir da V3. Há outras formas de procurar reconexão com a saúde da mente? Por exemplo:

Com o poder da oração?

Quem sabe, por meio da alimentação saudável e equilibrada?

Ou, ainda, com a meditação, a ioga, os exercícios físicos, a leitura, um *hobby*, o contato com um grupo de apoio?

O método, seja qual for, é sempre importante. Mas é crucial despertar ou resgatar essa energia vital para o corpo desde que os meios não prejudiquem a saúde física.

Por exemplo, ministrando palestra em um grupo de apoio e recuperação, soube de casos em que a vítima de depressão procurou a libertação por meio de uma temerária ação, viciando-se em drogas. Ou seja, em vez de conseguir a cura, nesse caso a vítima simplesmente substituiu a doença, acumulando dois problemas, a depressão que não foi curada, mas sim mascarada, além de um vício a ser vencido.

Para facilitar ainda mais o entendimento da energia V3, vejamos um exemplo análogo. O que acontece quando o carro está sem combustível?

O combustível é a única fonte energética que permite a combustão para liberar a energia necessária ao motor. Da mesma forma, a energia V3 traz a força para o ser humano se movimentar, sentir, se motivar e viver.

No lugar de insistir para a vítima de depressão se levantar do sofá ou da cama, muitas vezes ajudamos mais se tentarmos elevar sua energia V3 ou, pelo menos, mostrar a existência dela, trazê-la ao nível de consciência da vítima, ainda que ele não se mostre disposto a escutar ou reagir.

No momento que desfrutamos da magnitude do sentir, todas as tentativas ou explicações serão desnecessárias. Depois que você chega ao destino desejado, o mapa se torna desnecessário. Traduzindo para a realidade desta ou daquela vítima de depressão, isso quer dizer que o óbvio, muitas vezes, não é óbvio e precisa ser explicado, compartilhado com carinho e amor.

Como você deve ter percebido, V3 é uma energia divina, absoluta, única, que brota dentro de nós como uma fonte que se renova a cada dia porque vem do Criador, e se resume pela própria força pulsante da vida.

> **"Segundo a concepção cultural que aprendemos, a gente tem uma vida quando o ideal é refletir que a gente é uma vida."**

A energia V3 é uma inteligência poderosa e natural que alivia o esforço da mente. Afinal, imagine como seria complicado para a mente humana, de forma consciente, controlar a exata circulação do sangue, cada um dos batimentos cardíacos ou cada movimento do processo digestivo. Assim, o Criador deixou tudo pronto para simplesmente vivermos.

Se fôssemos depender exclusivamente da mente, ela jamais daria conta de controlar tudo isso e morreríamos nos primeiros minutos de vida.

A vida é única e, ao mesmo tempo, ela é comum a todos. A vida que habita dentro de mim é a mesma que habita dentro de você, e isso não começou a acontecer ontem ou anteontem, mas desde que nascemos.

Pois bem. Agora que acessamos as estratégias para alcançar a V3 e os seus benefícios, chegou o instante de lidarmos com um cuidado que posso explicar por meio de uma comparação.

Se uma empresa não vai bem, pode ter certeza: o gestor tem sua energia vital dissipada. Então, uma dica

"SEGUNDO A CONCEPÇÃO CULTURAL QUE APRENDEMOS, A GENTE TEM UMA VIDA, QUANDO O IDEAL É REFLETIR QUE A GENTE É UMA VIDA."

aos profissionais: mantenham sua V3 em alta, pois a empresa pode sucumbir ao baque de quem a dirige.

Esta é a analogia. Se algo não está bem na vida do gestor, da dona de casa, do adolescente ou de qualquer pessoa, algo bem parecido acontece assim que a V3 vai embora, e quando vamos perceber, nossas energias já foram abrindo a guarda para a depressão. Como não podemos permitir isso, espero mostrar no próximo capítulo os principais "dutos" por onde a V3 escapa.

CAPÍTULO 4
O QUE DISSIPA A ENERGIA V3

Um dos maiores desafios que encontrei no tratamento da depressão foi a não aceitação, a negação do estado em que me encontrava.

A análise de como anda a carga de energia V3 não é muito diferente. O primeiro passo, e falo outra vez por experiência própria, foi admitir que minha carga energética estava baixa, mínima, quase zerada. Num primeiro momento, foi difícil, demonstrei total resistência às mãos que me foram amorosamente estendidas. Somente adiante comecei (bem devagar e aos poucos) a entender que as pessoas mais próximas tinham razão, que eu não tinha mesmo energia para viver e realizar as tarefas mais básicas.

A V3, como demonstrei, tem o poder de mudar o dia e facilitar os resultados que desejamos, ao passo que sua ausência impede o nosso carro, ou seja, a nossa vida, de seguir seu curso natural, mesmo levando-se em conta as tarefas mais rotineiras e extremamente simples.

Muitas pessoas, sem perceber, seguem seu cotidiano com baixo nível de energia V3. É comum escutá-las argumentando:

— *A vida está uma batalha difícil!*
— *Estou matando um leão por dia!*
— *Não sei se vou conseguir bater a meta!*

Isso significa que todas essas pessoas estão deprimidas? Claro que não. Mas no meu caso, como reportei, a queda na V3 me manteve estático por dois anos, durante o período que precedeu a depressão. Traduzindo, hoje, percebo que a doença vinha me cercando, dissipando minha V3, de forma tão discreta que eu sequer consegui perceber.

Hoje, como estou com os olhos bem abertos para a doença que venci, sempre digo em minhas palestras que a depressão dá sinais. Veja alguns exemplos:

a) Faltas recorrentes no trabalho sem razão aparente, simplesmente porque "não sente vontade" de sair de casa rumo ao labor que antes tanto apreciava;

b) Abandono da autoestima, dos cuidados básicos e da vaidade;

c) Recusas recorrentes em relação ao trato social, como as ausências constantes no futebol, na roda de amigos;

d) Abandono do *hobby* antes tão apreciado;

e) Pretextos para evitar a pessoa amada.

Sem dúvida, há outros sinais, porém esses são os mais "visíveis a olho nu", são os que a vítima de depressão pode ver com menos dificuldade.

Vou listar e compartilhar os principais elementos que me impediam de aceitar ajuda e, por conseguinte, que drenaram e dissiparam minha energia V3:

a) Resistência;

b) Insatisfação;

c) Conflito;

d) Abstração – viver fora da realidade – da rede social.

Dada a importância de entendermos a complexidade de cada um desses pontos, faço questão de desvendá-los detalhadamente.

RESISTÊNCIA

Deprimido, principalmente um pouco antes do diagnóstico da depressão, as pessoas que se importavam comigo reportaram que eu passava boa parte do tempo reclamando das dificuldades, do dia a dia, das atividades profissionais. Eu não percebia nem concordava com esses *feedbacks*, me sentia resistente a tudo, e essa postura consumia boa parte da energia V3 porque perdia tempo demais discutindo com pessoas que eu admirava e amava.

Passei a demonstrar resistência em qualquer área. Até com os amigos e familiares, assumindo uma postura que não parecia comigo em absolutamente nada, me vi invadindo o ponto de vista alheio, discutindo questões que sempre respeitei, como religião e política.

Tal qual vivenciei, pessoas que estão com baixo nível de energia não conseguem sentir a leveza do viver, pois estão submersas, mergulhadas num profundo sentimento de resistência àquilo que estão fazendo, deixando de fazer ou tentando fazer.

É uma fase em que nada parece bom, há sempre uma queixa, um "senão", um "mas", um "discordo", pois, bem no íntimo, não se deseja fazer, escolher ou decidir nada. No meu caso, por exemplo, eu simplesmente não queria estar com o cliente, atender, negociar, discutir questões comerciais. Resistir a ir, permanecer no trabalho, aos meus olhos deprimidos, era muito mais fácil e indolor.

"Todo pensamento consome energia. Como todo sentimento nasce de um pensamento, automaticamente, pensar é um ato de resistência que consome energia."

A vida demanda o consumo de uma energia que deve ser reposta todos os dias. Se estamos cientes de que um dos principais dissipadores de energia é a resistência, podemos concluir um fato; quando não há conflito, o consumo de energia é baixíssimo. Mas não é tarefa fácil para nós, seres em constante processo de

"TODO PENSAMENTO CONSOME ENERGIA. COMO TODO SENTIMENTO NASCE DE UM PENSAMENTO, AUTOMATICAMENTE, PENSAR É UM ATO DE RESISTÊNCIA QUE CONSOME ENERGIA."

evolução, ter a percepção de viver com menor resistência, partindo de uma constatação:

"O simples ato de viver é pura energia."

E, afinal de contas, por que criamos tanta resistência? Como expliquei, a mente é resistência, a mente é dual. Seu mecanismo de funcionamento consiste num eterno conflito entre certo e errado, entre positivo e negativo, dissipando diariamente boa parte da energia V3.

Como sou contador por formação, ofereço uma analogia. Lembre-se de que os pensamentos e as ações são como as funções débito e crédito: quanto mais resistência e atrito, mais energia será debitada. Quanto maior for a capacidade de leveza e fluidez, mais "crédito energético" ficará armazenado, gerando um positivo "saldo emocional".

INSATISFAÇÃO

Foi uma fase em que encarei a vida por meio de um olhar de esgotamento. Vivia cansado da rotina, desperdiçando boa parte do tempo com lamentos de cada coisa, de tudo e de todos.

Mais uma vez, a contabilidade pode ajudar a entender por que onde há desperdício de tempo com reclamações existe a dissipação da energia V3.

De acordo com os *feedbacks* que recebi, bastava olhar para mim e era possível perceber a insatisfação pelas expressões faciais, além do nível de esgotamento e cansaço.

Tantos anos após a libertação do processo de depressão, hoje percebo com maior nitidez como o exercício contínuo de reclamar maltrata e envelhece a pessoa.

Deprimida, a vítima não observa que sua energia V3 tem se dissipado e, por não tê-la, acorda reclamando da sua condição de vida, do trabalho, da família, do vizinho, da falta de dinheiro, do governo e do que mais for possível elencar em sua lista de queixas. Assim, logo nos primeiros minutos do dia, já começa a consumir o pouco que ainda resta de sua V3, sobrando apenas o bastante para viver mais um dia.

Lembre-se de que a depressão dá sinais e o corpo reflete aquilo que percebe estar "em trânsito" na mente. Não estou sugerindo que você saia por aí tentando diagnosticar pessoas deprimidas, porque isso cabe aos especialistas, mas o corpo costuma emitir esses sinais que percebe na mente: os ombros caem, o semblante perde o brilho, os cuidados com a aparência desaparecem, o homem não apara a barba, a mulher se descuida dos cabelos, a higiene pessoal básica é deixada de lado. Tudo isso reflete, em último plano, uma insatisfação generalizada.

O estado de espírito vitimizado acaba afastando a maioria das pessoas do convívio porque ninguém quer ficar ao lado de quem tem lamúrias a dizer.

Diga-se, é possível compreender as pessoas que acompanham a vítima de depressão, pois não é nada fácil. Sofre a vítima, sofrem os amigos e familiares.

Mas onde nasce a insatisfação? Qual é a origem? A insatisfação nasce na mente, após captar toda a carga que carrega. Ou seja, a própria mente pode ser a maior consumidora de energia V3.

Os pensamentos negativos, involuntários, automáticos e repetitivos colaboram para que a mente funcione assim, formando padrões ou resgatando memórias que reforcem o estado de espírito.

A nossa mente gera um contínuo tráfego de pensamentos e, para isso, pode-se dizer que a mente se movimenta, consumindo muita energia.

Por sua vez, energia é ação e movimento, consumidores naturais de "bateria".

Já vi livros defendendo a gratidão como recurso capaz de transpor a insatisfação. Com total respeito aos meus colegas autores, posso dizer que testemunhei a libertação da depressão por meio de outro cenário: insatisfação e gratidão não caminham de mãos dadas, porque a pessoa somente consegue ser grata se estiver satisfeita. Portanto, compartilho dois caminhos que me ajudaram muito:

a) Procurar meios de agradecer a tudo o que recebe: queixa, bronca, choque de realidade, conselho e ajuda;

b) Eliminar o máximo possível da insatisfação.

Quando a libertação do processo de depressão é conquistada, a pessoa ontem vista como "vilã", como chata ou severa poderá ter uma nova visão aos olhos do deprimido que se curou.

A pessoa que deu broncas poderá ser vista como aquela que revelou a verdade. A que promoveu o choque de realidade, uma pequena luz para enxergar a necessidade de tratamento. A que deu conselho e ajuda, o anjo da guarda.

Em contraponto, um alerta aos que tentam, inadvertidamente, "salvar" a pessoa deprimida: nem todo conselho é libertador, nem toda bronca é agregadora, nem todo choque de realidade deve ser dado por uma pessoa despreparada, sem conhecimento da doença. Digo isso porque, tantos anos depois de ter vencido a doença, conversando com outras vítimas da depressão que também venceram, ainda vejo casos de pessoas que dizem:

— Teve gente que acabou comigo e até hoje pensa que me fez bem!

Assim, não vou me cansar de dividir uma orientação crucial: na dúvida, simplesmente encaminhe a vítima ao profissional competente. Se não puder dizer algo que agregue valor positivo e que aumente as chances de cura, lembre-se: o silêncio também é bem-vindo!

CONFLITO

Durante o tempo em que lutei contra a depressão, vivia diariamente um conflito interno e, hoje, percebo que todo conflito que enfrentei vinha da insatisfação, como um inevitável resultado.

Deprimido e insatisfeito, observo tanto tempo depois que a minha mente procurava resgatar histórias do passado recente ou remoto, que pudessem "fortalecer" o critério do conflito. Em outras palavras, de maneira inconsciente estava sempre à procura de novos embates comigo, "com o espelho", de conflitos que me fizessem permanecer por mais um bom tempo questionando o meu trabalho, os meus relacionamentos, a vida como um todo. É como uma armadilha, uma prisão. Se tudo estivesse bem e resolvido, ainda assim a depressão me fazia procurar algo que pudesse transformar em errado só para ter mais um conflito a resolver.

No meu caso, de alguma forma, ficava me punindo, me convencendo do fato de que não tinha solução para os embates gerais, e a única alternativa seria ficar ali, parado, prostrado, inerte e quieto no meu canto, carregando um sentimento de culpa que não tinha nenhuma explicação e só fazia retroalimentar novos conflitos.

"A mente que carrega embates e culpas é uma esponja dos conflitos alheios."

Em outras palavras, isso quer dizer que, tal qual aconteceu comigo, quem vivencia a depressão arrasta uma mente pesada por armazenar a própria dor e a

"A MENTE QUE CARREGA EMBATES E CULPAS É UMA ESPONJA DOS CONFLITOS ALHEIOS."

dor do outro. Em várias ocasiões, me vi indignado com o conflito vivido por alguém e, sem perceber, incluía mais uma dor na mente já bastante carregada, espojando o conflito que nem era meu.

Por exemplo, se testemunhava alguém em situação de rua, pedindo esmola e sofrendo, por dias carregava a dor daquela pessoa comigo, questionando os porquês, o que teria levado a pessoa a chegar àquela difícil situação.

Quanto maior o número de conflitos internos, maiores são os externos que se formam, tais quais os que acontecem nas áreas dos relacionamentos e da profissão. Por exemplo, eu sempre amei o trabalho, acordar cedo, produzir e prosperar. Mas durante a fase mais profunda da doença, se numa segunda-feira pela manhã surgia uma pequena vontade de tomar banho e seguir para o trabalho, não tardava a aparecer o protagonismo da mente vitimada pela depressão, que parecia dizer:

— *Vou ficar por aqui, já tenho problemas demais!*

E um detalhe: nessa fase mais difícil da doença, surgem problemas que se acumulam. Eu, que fui vítima da depressão, posso afirmar: embora não fosse proposital, não tinha a menor vontade de resolvê-los e, muitas vezes, nem me dava conta de quais eram, exatamente, esses conflitos ou problemas.

Pode parecer pouco a quem lê, porém fez toda a diferença para que eu alimentasse alguns pensamentos:

"Algumas coisas vão se resolver naturalmente!"
"Não preciso levar esse problema tão a sério!"

Na fase de conflitos, existe uma inteligência infinita que cuida da vítima. Você pode chamar de Deus ou nomear como quiser. No meu caso, fez toda a diferença identificar e eleger um anjo da guarda, uma pessoa que literalmente salvou minha vida no momento mais turbulento, no maior conflito interno que vivenciei. Certamente, assim que ler este trecho da obra, a pessoa saberá que estou falando dela e aproveito para agradecer!

ABSTRAÇÃO

Antes da depressão, eu vinha mantendo o trabalho ao estilo "batidão". Antes que o galo subisse ao poleiro para o seu canto pontual, estava à beira do fogão passando um café. Levava as crianças ao colégio e voava para a empresa, começando por volta de 7h e seguindo até as 22h ou mais. Procurava pelo menos almoçar com a família, e à noite, raramente tinha disposição. Chegava em casa quase dormindo.

Essa foi a minha realidade. Porém, há diversos formatos de abstração, que posso exemplificar.

É preciso planejar e agir, mas não podemos ficar presos aos planos utópicos que ainda vão acontecer lá na frente, sofrendo e divagando. O ideal é fazer o que precisa ser feito e ponto-final.

Ao desejar algo que ainda há de levar uma maturação para ser realizado, quanto tempo a pessoa investe (ou desperdiça) pensando e divagando nos planos? E por que destaquei entre parênteses? Explico:

Pensar uma vez ou outra no resultado é positivo, faz parte do bom exercício de imaginar uma conquista. Em contrapartida, manter-se ou tornar-se escravo dessa abstração é perigoso.

Vejamos mais dois exemplos. Quando está na academia, malhando, será que o aluno está mesmo ali, entregue ao exercício de sua saúde física, ou no intervalo entre uma série e outra, ele está com o dispositivo móvel em mãos, em completa abstração?

Uma vez no carro, a caminho de um compromisso importante, a pessoa está mesmo ali, sentada ao volante, ou está sofrendo por antecipação diante da conversa que terá? A segunda possibilidade, é claro, aumenta inclusive o risco de acidentes.

Como se pode perceber, a vida moderna e a tecnologia forçaram uma situação de "super versatilidade", e como o dia só tem 24 horas, na tentativa de cumprir o maior número possível de tarefas, o mais provável é que a abstração roube boa parte desse tempo.

Após curado, desenvolvi uma boa relação com as abstrações. Por exemplo, posso decidir por um programa humorístico na rede social porque hoje aprendi que, em seguida, devo sair e voltar à vida real. Mas, enquanto enfrentava a depressão, não existia essa régua.

A sugestão que posso partilhar vai ao seguinte caminho: a dosagem, pois os antigos estavam certos. Em pequena dose, a abstração é remédio, e ao contrário, é veneno.

Por último, um recado aos que acompanham e estão próximos da vítima de depressão. Não use expressões pejorativas, como "ele parece que vive nas nuvens", "ela vive no mundo da lua" ou "esse aí vive pensando no ontem ou no amanhã". Se essas expressões magoam até a pessoa que está saudável, imagine aos ouvidos do deprimido...

Até aqui, você já aprendeu como fortalecer e o que dissipa a energia V3. Chegou o momento de entender o que pode acontecer, a consequência do descuido e da desatenção aos primeiros sinais da depressão.

CAPÍTULO 5
COMO LIVRAR-SE DA MOCHILA DO SOFRIMENTO

Você já se surpreendeu, por acaso, pensando na origem do sofrimento? Por óbvio, podemos chegar ao consenso de que ninguém deseja ou procura o sofrimento como objetivo.

Logo, se não o queremos, também podemos deduzir que, a exemplo da própria depressão, o sofrimento é um sentimento invasor e oportunista, que procura brechas para entrar, se fortalecer e manter, como se dependesse de um hospedeiro.

Prova disso é que, dificilmente, encontraremos pessoas alegres que carregam sofrimento. Isso não quer dizer que não sofram, mas sim que, de alguma maneira, aprendem a ter contato com o sofrimento e abandoná-lo em seguida, aprendem a conviver e seguir a vida.

Há também os que supostamente são felizes. Por exemplo, tendemos a pensar que humoristas, artistas e milionários não acumulam sofrimento. Apesar da fama, da atividade profissional, do *status*, do reconhecimento e do sucesso, ou mesmo por causa desses fatores combinados, estão carregando algum tipo de sofrimento ou talvez até deprimidos.

Podemos concluir que o sofrimento e a depressão não são seletivos, não escolhem condição social, faixa etária, José ou Maria.

O sofrimento ocupa um espaço da mente que poderia estar ocupado com sentimentos naturais do ser, como amor, paz e plenitude.

Considerando que enfrentamos "pequenos sofrimentos" ao longo do cotidiano, é natural que a mente esteja preparada para vencê-los. Mas, uma vez deprimida, e novamente destaco que estou falando da própria experiência, a vítima da doença passa a ter contato com sofrimentos que, para a mente, se mostram, de início, crônicos, fortes demais ou invencíveis.

Compreender o sofrimento pode trazer parte da necessária libertação, e aconteceu comigo ao perceber que, a todo momento, buscava algo.

A vida parecia uma busca interminável, procurando respostas para várias dúvidas que geravam mais e mais perguntas, cujas soluções nunca estavam em um só lugar. Era uma busca sem fim ligada às coisas e conquistas: uma situação financeira mais confortável, a fuga da escassez, o reconhecimento por ser um profissional melhor e assim por diante.

Avaliando bem, é como se essa procura por coisas, juntas ou separadas, trouxesse uma "satisfação", mas havia uma armadilha. Essa suposta satisfação estava disfarçando sua verdadeira identidade: era uma insatisfação permanente.

Como seria maravilhoso se achássemos todas as explicações em um lugar, de forma simplificada, clara e objetiva, talvez seria o melhor presente. No meu caso, como citei em outro trecho, o melhor presente que consegui me dar foi o novo entendimento a respeito de Deus, que simplificou toda essa busca desenfreada. Mais uma vez, deixo claro que não me refiro à religião, mas sim ao divino, à espiritualidade pulsante em cada pessoa.

Foi o meu presente o que fez sentido para mim. Se fosse deixar uma orientação central a quem enfrenta a depressão, iria neste caminho: assim que for possível, assim que o tratamento der resultado e tiver vencido a fase mais severa, procure o que faz sentido para você.

Hoje, observo que a libertação do sofrimento foi como um jogo de quebra-cabeça. Muitas vezes, já tinha algumas partes montadas e outras partes pareciam faltar. À medida que as peças faltantes eram encontradas, surgia maior clareza que tanto precisava para terminar a montagem, peça a peça, uma de cada vez.

O que provavelmente existia, nas profundezas do meu inconsciente, era o desejo de que a caminhada desta vida se tornasse mais leve e agradável, mais simples e feliz, representando uma jornada em que a paz estivesse sempre presente. Mas naqueles dias, em vez disso, tinha mesmo muito sofrimento para digerir e entender.

A tal busca que imaginei, ligada a coisas externas, relacionamentos, um trabalho gratificante, a conquista de bens materiais, caiu por terra quando entendi que a libertação do sofrimento nunca viria de algo externo, fora de mim. Entendi que somente uma conexão interna seria libertadora, embora a mente, assaltada pela depressão, sempre dissesse o contrário.

As vivências me trouxeram até aqui. A obra diante de seus olhos nasceu dentro de um quarto, numa busca íntima, como se fosse um diário que, hoje, entendo ser capaz de ajudar minimamente o meu semelhante que passa por algum sofrimento parecido com aquele que venci.

Num primeiro momento, nem imaginei que os desabafos íntimos se transformariam em livro, mas a vontade de escrever brotou do nada. Comecei a criar em uma despretensiosa manhã de segunda-feira e, de lá pra cá, não parei mais, venho colecionando cadernos e mais cadernos, com o desejo de preencher as folhas com tudo aquilo que vinha sentindo. Foi assim que passei a "extravasar" os sentimentos, aliviando a dor e o sofrimento.

Ao perceber o volume de conteúdo que tinha em mãos e constatar que havia reunido todas as soluções que me resgataram do processo depressivo, entendi que o relato deveria alcançar mais pessoas, como um pensamento: se a minha vida mudou de rumo, se eu consegui mais clareza e confiança para sair do processo, não faria sentido deixar de me expor, deixar de abrir as gavetas das experiências mais íntimas.

Eu estava mergulhado no limite do fundo do poço. Só existia uma forma de voltar a ver a luz do dia, escalando rumo à luz. Foi um dos maiores desafios, sair daquele lugar de sofrimento.

Não há nada mais importante do que assumir uma vida de plenitude, contemplando a paz de espírito e a alegria de ser, livre das amarras, resistências, limitações, dores e do sofrimento em sua mais ampla compreensão.

Desejo que você também desfrute dessa plenitude e paz que vivo hoje, livre da depressão, e que, libertando-se desse sofrimento, você possa ajudar outras pessoas a se libertarem, dado o poder de impacto que um relato pessoal possui.

> **"Não há outro propósito no sofrimento que não seja o de fazer você crescer e evoluir."**

Como tudo na vida, o sofrimento também revela esse lado positivo, pois se você está sofrendo, significa que, adiante, estão a libertação, a calmaria depois da tempestade, a ordem após o caos.

"NÃO HÁ OUTRO PROPÓSITO NO SOFRIMENTO QUE NÃO SEJA O DE FAZER VOCÊ CRESCER E EVOLUIR."

Muitas vezes, imersos nesse vale de sofrimento, não conseguimos ver nada além de hoje, nem imaginar que um dia podemos ser mensageiros de boas notícias, nem sermos capazes de formatar um conteúdo capaz de mudar a vida de outras pessoas que estão vivendo momentos de angústia, dor e sofrimento. A minha dica é que, ao vencer, tenha a coragem de partilhar o seu relato, porque a solução de um pode também ser o fim da dor do outro.

A libertação do sofrimento eleva o nosso nível de consciência, como se fosse um despertar. Não me refiro a nada místico ou inacessível que "alguns poucos escolhidos conseguem", mas sim à libertação pura e simples. Não exatamente simples de ser conquistada, porém simples de ser apreciada após as tantas lutas travadas e vencidas.

A mente é uma ferramenta maravilhosa. Mas precisamos entender que ela está condicionada há anos, por conta das "verdades" que você aprendeu ou adquiriu ao longo dos anos e das experiências vividas, principalmente as mais marcantes, porque, numa analogia, se a mente fosse uma mochila a ser carregada, as dores, o insucesso e o sofrimento condicionariam essa bolsa, deixando-a cada vez mais pesada.

Em dado momento, quando venci a depressão, percebi que não precisava carregar essa bolsa, porque ela não me definia.

Tudo aquilo que vivemos, hoje, reflete a soma de

uma realidade criada exatamente pelo modo como pensamos. Assim, pode-se afirmar que os pensamentos criam a realidade. Se decido carregar a "mochila do sofrimento", será a minha realidade assim que as alças se prenderem em minhas costas.

Acredite, uma vez que essas alças se encaixam, não é fácil livrar-se delas, porque a mochila do sofrimento é praticamente inquebrável.

Tal qual aconteceu comigo, às vezes, o melhor caminho consiste em mudar a sua maneira de pensar e agir, impondo um fim a esse condicionamento de pensamentos negativos. Por exemplo:

- *"Carla faliu sua empresa."*
- *"Carla é uma falida!"*

Na primeira afirmação, a realidade representa simplesmente um fato e, na segunda, quem afirmou coloca sobre os ombros de Carla a mochila do sofrimento; é um julgamento fato. Afinal, o fato de Carla ter falido retrata uma situação que ela enfrentou e não a sua identidade, até porque, meses depois, Carla pode se tornar uma empresária de sucesso outra vez, a exemplo do que aconteceu com a maioria dos grandes empresários que eu e você conhecemos (a maioria deles, em entrevistas diversas, admite já ter falido pelo menos uma vez).

Para preservar sua saúde mental, o ideal é que Carla não fique refém do luto, posto que quebrar um negócio também reflete uma espécie de "enlutar".

Daqui em diante, cabe a ela vivenciar esse processo de perda e, passo a passo, se reencontrar como profissional.

Isso quer dizer, na prática, que Carla não pode nem deve ignorar o fato, como se fosse a coisa mais normal do mundo e, ao mesmo tempo, não deve absorvê-lo como o seu último evento profissional.

Mais uma vez, como diziam os antigos, tudo consiste em dosar, em experimentar o que se mostra inevitável e dar o próximo passo rumo ao que se planeja. Agindo assim, Carla terá forças para vencer o processo de perda e vitalidade para retomar a sua vida sem ser aprisionada pelo sofrimento disparado pela falência ou, em pior hipótese, pela depressão.

Mais uma vez, aquela inteligência infinita que mencionei há de surgir, recompondo a energia V3 de Carla, que certamente saberá passar pelo sofrimento da forma mais agregadora possível, colhendo grandes aprendizados para fazer tudo diferente a partir dali. E, se você porventura não se recorda, essa inteligência infinita é a porção divina que age por nós, que você pode chamar de Deus, divino ou como preferir, desde que tenha consciência de que não estamos sozinhos e existe uma força invisível sempre pronta a nos levantar assim que caímos.

Em dado momento, prometi a você que entregaria "a alma" da obra e chegamos lá. Recomendo atenção máxima, pois os próximos três capítulos reúnem os principais recursos que encontrei para me libertar, em definitivo, do processo de depressão.

CAPÍTULO 6
TRÍADE, PARTE I: NÃO JULGAMENTO

Como escritor "marinheiro de primeira viagem", procurei me organizar para chegar ao que considero o ápice das soluções que desejo compartilhar. Aproveito para agradecer a você que chegou até aqui e faço o convite para que continue comigo. Por experiência, afirmo que é bem melhor enfrentar a doença de mãos dadas, então vamos juntos!

Não foi nada fácil chegar ao instante em que pude celebrar, ao lado daqueles que tanto amo, uma vida mais leve e feliz.

Foi simples? Foi "tranquilo"? Precisei de pouco tempo?

Nem simples, nem fácil, tampouco rápido, mas a vitória da derradeira batalha, aquela em que pude suplantar a eterna busca por coisas e a contínua insatisfação, mudou a minha vida, me aproximou bem mais da porção divina que todos nós temos, me trouxe de volta ao convívio de amor e paz com a família, o trabalho e a vida como um todo. A partir daqui, vou revelar como consegui, com o desejo sincero de que outras vítimas da doença possam, ao menos, buscar inspiração e força para cada batalha diária.

O passo fundamental foi deixar de fazer aquilo que, deprimido, eu fazia dia e noite: me julgar a todo instante, por qualquer motivo ou circunstância.

A parte positiva – os antigos diziam que tudo nesta vida tem o seu lado bom e concordo com eles – é que, a partir da libertação da doença, a pessoa nunca mais será a mesma no que diz respeito ao que fazia ou decidia de forma nociva.

Por exemplo, antes da depressão, muitas vezes deixei de argumentar, calei o que sentia e achava certo, somente para não contrariar o meu interlocutor, independentemente de quem fosse.

Hoje, liberto da doença, coloco para fora tudo o que penso e sinto. Não tenho mais armários ou gavetas, me permito não armazenar mágoas ou dores.

Isso quer dizer que passei a ser insensível e saio por aí machucando as pessoas com a minha sinceridade? Não, em absoluto. Porém, com total respeito e sutileza, desabafo tudo. Esta é uma das maiores transformações que a doença deixou, o legado da depressão, por assim dizer.

As coisas começaram a se transformar passo a passo, na medida em que fui percebendo que a vida não é só aquela tristeza cíclica 24 horas por dia, 7 dias por semana. Ao contrário, hoje observo que viver de verdade deve ser uma genuína experiência de alegria. Viver a vida no cotidiano pode e deve ser a caracterização desse contentamento. Mas, uma vez deprimido, demorei tempo demais para enxergar isso que, agora, espero estar mais evidenciado aos que passam pelo mesmo processo.

Enquanto não se consegue viver uma vida de plenitude e atitude, enquanto estamos entregues e vitimados pela doença, esse contato com a alegria pode ser difícil de se imaginar. Assim, um passo mais simples pode ser o exercício de "renunciar" ao modo de pensar que faz sofrer, mudando as atitudes na velocidade que o novo pensar permitir.

> **"O sentimento de satisfação e contentamento não significa viver livre de responsabilidades."**

Em outras palavras, não estou sugerindo ou propondo que a pessoa deva livrar-se dos compromissos e sair distribuindo falsos sorrisos para ver-se livre de ambos, da depressão e das responsabilidades. Longe disso, a doença e os compromissos precisam ser conciliados e encarados.

E a quais compromissos me refiro?

Não estou sugerindo que, da noite para o dia, a pessoa deprimida se transforme e comece a resolver tudo o que está parado em sua vida.

"O SENTIMENTO DE SATISFAÇÃO E CONTENTAMENTO NÃO SIGNIFICA VIVER LIVRE DE RESPONSABILIDADES."

A sugestão, e falo com base na experiência que vivi, é dosar e pensar, em primeiro plano, nos compromissos mais básicos e ainda assim importantíssimos: a própria pessoa em primeiro lugar e a família.

Tudo isso passa pelo crivo racional da mente. A alegria que menciono, por exemplo, depende do não julgamento, da permissão que concedemos todos os dias para que a vida flua em seu curso da maneira mais serena.

O mesmo ocorre com o não julgamento. Lembre-se de que comentei há alguns capítulos: o deprimido é julgado pela família, pela sociedade, pelos colegas de trabalho, pelos filhos e até por desconhecidos. Assim, além de não precisar do julgamento dos outros, ele também deve exercitar o não julgamento próprio.

O não julgamento no sentido de que podemos aceitar as mãos estendidas para virarmos o jogo em vez de julgar a pessoa que oferece ajuda.

O não julgamento no sentido de aceitar a chegada discreta de um sorriso, renunciando aos poucos àquilo que só traz sofrimento e dor, o que nos convida a refletir:

> "A alegria nasce a partir da essência, se projeta na mente e nos lábios, tão somente, e expressa o sentimento com o sorriso."

"A ALEGRIA NASCE A PARTIR DA ESSÊNCIA, SE PROJETA NA MENTE E NOS LÁBIOS, TÃO SOMENTE, E EXPRESSA O SENTIMENTO COM O SORRISO."

CAPÍTULO 6

Continuando a análise, o não julgamento no sentido de entender aquilo que hoje parece difícil, mantendo-se conectado ao dia de hoje, ao presente que pode, merece e deve começar a mudar agora, nesse exato instante.

Como se pode perceber, a situação que hoje tem aparência negativa cabe validar, está passando pelo julgamento que conferimos a esse evento e, claro, é a mente que julga. Logo, se a pessoa está deprimida, é de se imaginar que por tendência ela pode julgar como ruim, frustrante e dolorosa qualquer situação que passar diante dos olhos e demais sentidos.

Talvez, tal qual aconteceu comigo, o filtro de percepção da mente mude à medida que a libertação da doença vai sendo conquistada, pois muitas situações têm aparência de dor, e hoje percebo que foi um baita aprendizado.

Trocando em miúdos, o não julgamento pode ser explicado em essência da seguinte maneira: a maior dor que se vivencia hoje há de transformar a pessoa assim que essa dor for suplantada. Portanto, hoje reparo que, muitas vezes, lutei contra uma dor que, se tivesse acolhido e procurado entender, certamente teria resolvido com mais celeridade.

No lugar dos julgamentos que presenciei, em muitos casos, a pessoa teria me ajudado mais se tivesse dito uma só frase: acolha essa dor que vai passar.

Parece algo simples, mas acredite: para quem está doente, isso faz toda a diferença.

O deprimido deve saber que conta com o não julgamento, pelo menos, daqueles que ele mais ama e admira, pois, aos olhos dele, o mundo inteiro já está cumprindo esse papel julgador com excelência.

A mente tem a necessidade de julgar porque é condicionada pelas crenças com as quais foi alimentada. Por ser dual, a mente sempre trabalha com opostos: positivo e negativo, bom e ruim, certo e errado. Vejamos o exemplo de Maria, personagem fictícia, como todos que, porventura, constam na obra.

Maria ficou em jejum 12 horas para um exame e não deu certo porque, na entrevista pré-coleta, o laboratório tinha informado o jejum de 8 horas. Chegando lá, Maria informou ter cumprido 12 horas de não alimentação. Por conta desse hiato de quatro horas excedentes sem se alimentar, o laboratório afirmou que não poderia realizar o exame.

A tendência, já que está com fome e talvez ansiosa pelo exame, é julgar conforme o que a mente aprendeu a fazer: deu errado, julga.

Daí, vem em seguida aquele sentimento sobre o qual tanto já abordamos, a insatisfação.

"Que droga!"
"Isso só acontece comigo!"
"Vou ter que repetir todo o processo!"

Em vez de se julgar, é preciso aceitar, confiando numa certeza: não era o dia ideal para a coleta do exame, até porque o resultado sairia comprometido. Mas sabe o que Maria fez ao ficar tão insatisfeita? Julgou a situação e não confiou no fluxo natural da vida, valorizando somente a sua certeza.

O que aconteceu com Maria se repete todos os dias em várias áreas, com inúmeras pessoas que vão julgando cada acontecimento desde quando acordam até a hora de dormir.

O que é positivo, Maria acolhe, e o que é negativo, expulsa. Ou seja, Maria confia nas certezas que aprendeu ou acredita.

Algumas dessas certezas estão no inconsciente de Maria desde a infância sob a forma de valores e comportamentos. Outras, ela criou para reforçar as crenças que aprendeu desde a infância e, assim, uma crença vai alimentando a outra e, juntas, vão formando o padrão de pensamento, que promove a ação e a reação que vimos no exemplo dela: julgar.

A dualidade da mente faz nascer o julgamento, e que fique claro, a mente humana, por sinal uma das mais belas e funcionais criações divinas, foi projetada para ser excelente e funcionar com autonomia. Assim, o julgamento é um mecanismo automático que sempre visa nos proteger e, por outro lado, não se trata de sentir culpa. Julgamos porque é da nossa natureza julgar e ponto-final.

Quem está passando diante dos meus olhos talvez passe amanhã, mas a maneira que eu verei a pessoa e as situações não será exatamente a mesma. Em resumo, não julgar é viver cada momento como se fosse único. E, afinal, de fato é singular.

De acordo com o olhar do deprimido, todos os dias são iguais. A dor, o sofrimento, os problemas e todos os sentimentos negativos que possam ter ocorrido, hoje, facilitam para um processo de libertação, e você verá, quando essa luta final for vencida, que isso vai ficar bem evidente. Não é a dor o faz melhorar, mas sim entendê-la. Hoje, nesse exato momento em que a pessoa deprimida lê tais argumentos, sou eu quem está afirmando. Amanhã, a própria pessoa chegará a essa conclusão por si.

Eu, deprimido, descobri que tinha me transformado no resultado de meu passado moído, triturado, processado e julgado. A libertação, dentre os tantos passos que venho compartilhando, teve como contribuição esse entendimento. Antes disso, vivia tentando ignorar, passar uma borracha no passado como se isso fosse possível. O fato é que as coisas só começaram a mudar quando passei a vê-lo pela ótica do não julgamento.

Outro passo fundamental foi evitar o exercício que eu mais praticava durante a fase drástica da depressão: visitar e revisitar o passado a todo instante, remoendo e revivendo a dor.

Mais do que isso, quando me conscientizei da doença e da necessidade do tratamento, uma verdade saltou diante dos meus olhos. Numa analogia, foi como um final de filme que ninguém espera: eu vinha retroalimentando o meu presente com a dor do passado.

O que fez toda a diferença foi aceitar que esse passado invasor do presente era meu e não mudaria. A partir daí, foi se tornando cada vez menos prazeroso fazer essas revisitações, até chegar o momento em que ele era, tão somente, o passado.

Do mesmo modo, parei de viver especulando meu futuro. As portas se abriram para o presente assim que o futuro deixou de ter protagonismo.

Deixei de viver e sofrer com a dependência do porvir, me concentrei nas situações da vida, com quem estou vivendo, e o que venho colhendo.

Tenho uma máxima que carrego com prazer, e que repito como um mantra: "Viva como se hoje fosse o seu último dia de vida, faça o melhor possível dele".

Ainda abordando o não julgamento e suas faces, sem dúvida, o leitor teria todo o direito de perguntar:

— Você passou a viver o presente e nunca mais fez planos? Não tem mais sonhos, objetivos e propósitos?

Claro que tenho planos, cronograma, sei exatamente o que e quando eu quero as coisas, mas vivo com atenção plena o dia de hoje e com uma intenção distanciada do futuro.

No lugar de sofrer com as metas, os sonhos e os objetivos, passei a ser um supervisor desses elementos, em vez de sofrer de ansiedade a partir deles, o que é muito, muito diferente.

Em vez de me julgar por não sofrer com determinado problema ainda não resolvido, faço o que estiver ao alcance hoje para resolvê-lo. Quanto ao que não posso fazer agora porque não depende de mim, aguardo o dia de amanhã e recomeço até vê-lo resolvido. Eu vivo isso, confio nisso como recurso para manter meu equilíbrio, minha saúde física e mental.

Antigamente, eu levava companhias indesejadas para a cama, os números, as negociações em aberto, as cotações ainda não respondidas, os clientes que aguardavam uma reunião. Tentando conciliar o sono, ficava remoendo e me revirando na cama, procurando meios e estratégias para realizar amanhã aquilo que, ali, deitado, não teria como fazer ou decidir.

Hoje, simplesmente vou dormir, acordo no dia seguinte ciente de que estar vivo é um milagre, pratico os mantras que eu mesmo criei, coloco um sorriso sincero no semblante e vou resolver tudo que é necessário.

Antes, levando a empresa e os negócios para casa e para a cama, assumindo uma agenda que eu mesmo lotava, mesmo sabendo que seria impossível atendê-la, acabei deprimido.

Hoje, liberto e pronto para viver, dou o melhor de mim, cumpro o que estabeleci dentro de uma realidade mensurável e as coisas vão se resolvendo de forma natural, como se o universo gentilmente cooperasse, me ajudando a transformar caos em solução.

Concluindo a parte um da tríade, compartilho com você os três recursos que fizeram toda a diferença para a vitória contra a depressão, no que diz respeito ao não julgamento. Aproveitando, informo que os próximos passos da tríade também terão essa pequena relação que traz um grande resultado.

a) **Não julgar as decisões erradas** – a revisita ao passado é tentadora e, embora a mente insistisse em trazer memórias, fatos e fotos, em dado momento, deixei de julgar o que foi feito e só acolhi como uma decisão tomada que não teria como mudar;

b) **Entender a culpa** – livrar-se da culpa, aprendi na própria pele e na mente, é um desafio grande demais. Numa comparação, seria como pedir para um não atleta correr uma maratona sem treino. No momento que passei a entender o que estava por trás das culpas que carregava como um verdadeiro fardo, aí sim se livrar delas passou a ser uma realidade tangível;

c) **Valorizar a liberdade** – o ato de não julgar (coincidência ou não é um dos mandamentos) é libertador, porque, quem julga, só tem dois caminhos: libertar ou condenar. Decide-se pela libertação, fica preso ao fato de ter julgado seu semelhante. Opta-se por condenar, fica prisioneiro da punição que deu. E, convenhamos, uma mente libertada pelo exercício julgador dificilmente será escravizada pela depressão.

Você certamente se lembra da energia V3 e posso afirmar que esses três passos difíceis de dar elevaram e reabasteceram minha V3, ajudaram a recompor o estado de espírito, a ter vontade de lutar. E, sim, quando estava deprimido, o maior desafio era ter vontade de lutar e encarar mais uma batalha, porque o julgamento estava presente em tudo, primeiro o dos outros, depois o meu: eu escutava os outros julgando minha aparência terrível, as atitudes destoantes de meu perfil e as escolhas infundadas. Em vez de mudar, o que eu fazia? Procurava me julgar e me convencer de que eles provavelmente estavam certos.

Quando começou o não julgamento, passei a aceitar que tinha essas questões a tratar, passei a admitir que precisava de ajuda profissional. Portanto, seguindo essas orientações, o caminho rumo à vitória de quem segue um enfrentamento parecido certamente ficará menos difícil de ser percorrido.

Assim dito, e após esse longo debruçar sobre o tão importante tema do não julgamento, estamos prontos para o passo dois da tríade.

CAPÍTULO 7
TRÍADE, PARTE II: NÃO COMPARAÇÃO

A depressão – hoje, percebo com consciência e clareza – nasce de uma somatória de sentimentos e situações. Se você me pedisse para resumi-la de uma maneira "simples", eu diria que é impossível, porque a depressão é um labirinto complexo.

Numa analogia, posso dizer o seguinte: quando a minha mente estava saudável e consciente, era um território que eu conhecia bem. Quando precisava de autoestima, disciplina, coragem, força e qualquer outro sentimento positivo, sabia exatamente onde buscar. Mas uma vez que o sofrimento se instalou, a mente passou a ser como um território de mata fechada. Cada trilha que conhecia bem desapareceu e já não sabia sequer se deveria seguir à esquerda ou à direita para tomar as decisões mais simples.

Este sim, o sofrimento, pode ser elencado como o condutor mais forte que leva à doença. Você provavelmente se lembra de que abordei como podemos nos livrar da mochila do sofrimento, e veja agora uma constatação: muitas vezes, sem querer e sem perceber, o deprimido coloca nela um perigoso hábito, o de se comparar. Provavelmente (pelo menos para mim), um dos mais pesados sentimentos que entraram na mochila.

E de onde vêm as comparações? Por que, mesmo cientes de que o hábito de se comparar pode trazer dano emocional, insistimos em fazê-lo?

É mais forte do que nós. Desde o nascimento, fomos comparados:

- *É a cara do pai / da mãe.*

Crescemos e somos educados à luz da comparação.

- *Seu irmão tem tanta facilidade com matemática. Por que você não consegue?*

Alcançamos a adolescência e as comparações permanecem lá.

- *Na sua idade, aos 14 anos, eu já trabalhava.*

Vamos à idade adulta e não nos livramos dela.

- *Aquele cara tem apenas 25 anos e já está milionário. E você?*

CAPÍTULO 7

Assumimos um relacionamento e a presença marcante dela segue nos perseguindo.

- *A Marcinha e o Paulo reservaram o melhor restaurante para o dia dos namorados. E nós, vamos aonde?*

Chegamos à idade mais experiente.

- *José vai deixar um belo patrimônio para a família. E você, o que já conseguiu?*

Nem mesmo quando chega o mais triste dos momentos, a despedida final, as comparações deixam de existir.

- *Foi uma boa pessoa, mas você reparou que somente alguns poucos amigos estavam no velório? Quando o pai dele morreu, eu me lembro que havia dezenas de amigos.*

Como se percebe, a comparação nos acompanha do nascimento à despedida, passando por todas as etapas e círculos de convivência. Sem querer, comparamos a carreira, o padrão de vida, a forma física, o poder aquisitivo, a qualidade dos relacionamentos, a capacidade intelectual, a educação dos filhos e até o carro na garagem.

Se já fazíamos isso desde os tempos em que Jesus caminhou pela Terra, imagine a comparação em tempos digitais, com o advento das redes sociais.

Antigamente, o hábito da comparação era restrito aos vizinhos, à família. Veio a televisão, e a dona de casa, por exemplo, assistia à novela das oito e comparava sua realidade com a fantasiosa vida da protagonista. Em seguida, veio a rede social e escancarou as comparações, como se da noite para o dia uma chave tivesse sido virada.

A partir de então, as pessoas passaram a se ver no outro, a desejar ser como o outro, a querer a vida do outro, num frenesi que muitas vezes vai da comparação à inveja, da comparação à competição, da comparação à ganância.

Vemos um filósofo na rede social e pensamos:

- *Nossa, ele é tão inteligente, como eu queria ser assim!*

Vemos a *live* de um jovem milionário que afirma ter conquistado seu primeiro milhão aos 15 anos e pensamos:

- *Eu estou com 60 e só tenho dívidas!*

De *live* em *live*, assistindo a este e àquele, vamos comparando, negando quem somos e o que conquistamos, negligenciando nossa essência para adotar a do outro.

Existem também armadilhas discretas nas redes sociais. Por exemplo, o hábito de assistir, se divertir e distrair com um programa de humor é positivo. Mas se, eventualmente, a pessoa que assiste pensa:

- *Nossa, ele é tão engraçado e eu sou tão sem graça!*

Aí está o sinal de alerta, a comparação que valoriza o outro, em detrimento próprio.

Na época em que vivi a depressão (o deprimido é especialista em comparar, se desvalorizando), lembro-me de ver as pessoas usando expressões mais ou menos assim: o grupo do aplicativo que "só tem feras", o *mastermind* que reúne as dez mentes mais brilhantes.

Quando me deparava com essas propostas, me colocava ainda mais para baixo, porque o deprimido se vê muito abaixo de uma realidade assim, então eis a dica que posso dar, hoje, saudável e liberto da doença: desconfie das supostas "superinteligências", dos "ungidos", que são inexperientes, mas juram ter a solução fácil para mudar a sua vida, dos assim ditos especialistas que vendem facilidade e, na verdade, só criam dificuldade para quem compra, e, por fim, dos que ofertam um estilo de vida, apresentando o luxo em que vivem e propondo que você compre um curso para descobrir como acessar essa riqueza.

Muitas vezes, motivada pelo exercício da comparação, a pessoa "compra" soluções fáceis e rápidas. Tempos depois, descobre que a solução não funciona, que não conseguiu resultado algum. No lugar de concluir que a solução ou o produto adquirido não é bom, ela passa a se condenar, a aplicar em si uma injusta cobrança, um sentimento de incompetência que leva ao sofrimento e, por consequência, pode levar à depressão.

Pela experiência que vivenciei e a doença que venci, posso dizer o seguinte a respeito disso, convidando você a lembrar-se de cinco questões.

a) Lembre-se de respeitar o conhecimento alheio sem jamais desvalorizar o seu, aquele que você conquistou estudando ou trabalhando muito;

b) Lembre-se de que, dentre bilhões de habitantes que estão no planeta, somente você tem essas impressões digitais nas mãos, portanto sua essência é única e você chegou até aqui vencendo etapas que merecem seu reconhecimento;

c) Lembre-se daquilo que os antigos ensinavam. Exceto por raríssimas exceções que podem ter "encontrado uma solução milionária", como ganhar na loteria, nada se conquista com facilidade, e ao desejarmos algo, há duas possibilidades: se a mente está saudável, lutar diariamente é o caminho mais assertivo, e se a mente foi assaltada pela depressão, aceite o tratamento e busque ajuda. Quando vencer e novamente tiver forças, lute todos os dias com a alegria de saber que você está em busca de algo que planejou;

d) Lembre-se de que a realidade do outro talvez não seja a que completa você. Se a busca por uma vida milionária felicita Matheus, mas não preenche os critérios de Inês, ela merece saber que está tudo bem com sua própria busca, em vez de se comparar a Matheus e se denegrir, sentindo-se incapaz por não conseguir um resultado semelhante. Além disso, cabe à Inês respeitar e validar o caminho de Matheus, que tem todo o direito de alimentar suas próprias ambições;

e) Lembre-se de que, na maioria das vezes, o ato em si não é saudável, porque comparar é um exercício feito lá nas profundezas do inconsciente, onde não temos controle, como se a mente dissesse: "Realmente, o outro é bem melhor". Cabe ainda lembrar que a mente é uma ferramenta brilhante e só reage ao alimento que damos a ela. Se inconscientemente estamos nos comparando e nos diminuindo, a mente vai trabalhar para confirmar aquilo que estamos pensando.

Há um outro cuidado que devo recomendar, e que sempre menciono em minhas palestras, pois testemunhei de perto, comigo.

A comparação tem o poder de prover uma identificação com o sofrimento a partir de um hábito cíclico que funciona mais ou menos assim:

Raramente nos comparamos a alguém que faz algo pior do que fazemos. Assim, a natureza da comparação é sempre acima.

Afinal, o que é melhor?

Comparar-se abaixo?

Comparar-se acima?

Nem um, nem outro. A ideia é que a pessoa não merece se comparar com alguém pior para sentir-se supostamente melhor ou superior.

De igual modo, não merece se comparar com pessoas que acreditam ser melhores para se inferiorizar.

Então, surge a pergunta: o que fazer?

A ideia é eliminar a comparação da nossa vida.

Eu vivia me comparando e, por consequência, me julgando. Após a depressão vivida e vencida, procuro usar a minha essência para resolver o que é necessário, me comparando exclusivamente comigo. Por exemplo:

digamos que tenha um desafio profissional a ser vencido, de proporções grandiosas, algo que nunca fiz.

Antes da depressão, eu procuraria me espelhar em outros profissionais que já conseguiram, usaria a estratégia deles, faria o que eles fizeram.

Hoje, na mesma situação, comparo o desafio à situação mais próxima que consegui viver e vencer. A partir daí, verifico o que é necessário em termos de recursos e ferramentas. Preciso de um curso para reforçar o conhecimento? Faço. Para escrever melhor e alcançar os leitores, preciso de algum treinamento específico? Faço.

A nova estratégia me libertou do nocivo exercício de ficar me comparando e me condenando por não conseguir algo que sequer me pertence, algo que só fui buscar porque outra pessoa havia conseguido.

Levando-se em conta que muitos defendem o oposto disso e recomendam que devemos "modelar" o que nosso semelhante faz para "ganharmos tempo", essa minha estratégia pode ser vista como um paradoxo? Sim, por outro lado afirmo que é absolutamente libertador não depender do outro para realizar aquilo que posso fazer, dando o melhor de mim.

Assim, chegamos ao ponto em que ofereço a pequena relação que traz um grande resultado, tal qual o fiz no capítulo seis, para que você possa exercitar a não comparação. Vamos a ela.

a) **Identifique a sua singularidade** – tal qual aconteceu comigo, há um momento em que o deprimido dá o salto para a libertação, que ele começa a enxergar a luz no fim do túnel para se curar. Quando chegar esse instante, o ideal é que identifique e coloque em prática aquilo que ama realizar. Por exemplo, conversei com diversas pessoas que se apaixonaram, no período de pós-depressão, por artesanato, desenho e outras atividades artísticas manuais, coisas que, antes da doença, essas mesmas pessoas desprezavam. No meu caso, a escrita foi essa paixão, razão pela qual a obra diante dos seus olhos existe;

b) **Crie uma relação empática consigo** – sim, eu sei que, aos olhos e ouvidos do deprimido, isso pode parecer uma realidade inalcançável. Mas, a exemplo da solução "a", se aproximando da cura, a pessoa merece admirar o que e como faz as coisas, merece valorizar todo o caminho que a trouxe até aqui. Encontrar um *hobby* e praticá-lo com dedicação também é interessante e lúdico para resgatar o prazer de ver algo realizado. Por exemplo, como eu já gostava de tênis, adotei o esporte como *hobby*, e a ferramenta de não comparação, pois antes da depressão eu só queria jogar para competir contra o outro, e hoje, a régua que coloquei é a brincadeira, o prazer de estar ali, sendo que a vitória ou a derrota não importa em absolutamente nada;

c) **Ajude o semelhante** – a sua dor de hoje vai trazer incontáveis aprendizados que, uma vez relatados, servirão para amenizar a dor do outro. Assim, a recomendação é que não guarde a depressão vencida num velho baú que nunca mais poderá ser aberto. Pelo contrário, compartilhar a história não significa revivê-la, mas sim ter a certeza de que, enquanto divide, está somando e agregando valor a quem tiver o contato com o conteúdo, razão pela qual existem tantos grupos de apoio que trabalham com a mesma premissa: depoimentos libertam.

Agora sim, estamos prontos para o terceiro passo da tríade, a aceitação. Não vou me cansar de agradecer por sua companhia e sua atenção até aqui!

CAPÍTULO 8

CAPÍTULO 8
TRÍADE, PARTE III: ACEITAÇÃO

Eu sempre apreciei a dinâmica da natureza e seus efeitos, sempre gostei de imaginar a vida através dos olhos da natureza, do simples e prazeroso exercício de colocar a mente para comparar ou imaginar.

Na fase que antecedeu a doença, e durante a depressão, a missão mais difícil foi aceitar a minha condição e o que me diziam, as críticas, os problemas, os erros, o todo. Enquanto não consegui, foi impossível cumprir aquilo que proponho neste capítulo e nesta metáfora: limpar a mente.

Assim, imagine que não foi nada fácil escolher "como" abordar esse importante recurso que fez toda a diferença em minha libertação. Mas, tenho certeza, a metáfora que escolhi há de facilitar o nosso caminho.

Quero fazer um convite para que mergulhe comigo como espectador desta viagem.

Enquanto estava saudável, eu imaginava minha vida como se fosse as águas de um rio, em fluxo constante até desaguar em algum ponto aparentemente desconhecido.

No início desse processo, um pequeno fio de água brota de uma nascente, uma água límpida, transparente, translúcida, totalmente cristalina, tal qual acontece com o pequeno bebê, que é lindo ao nascer, e representa o fluxo da vida jorrando. É o momento mágico do nascer, ambos em absoluta pureza, tanto a vida da criança que pulsa, quanto o pequeno broto de água, cada qual com enorme potencial para crescer e se transformar.

Nunca saberemos o caminho que ambos irão percorrer, mas quanto ao bebê, existe mais previsibilidade, será um adulto e viverá os seus desafios. Convido você, no entanto, a se concentrar nas águas do rio, que passam por pequenos trechos, vielas, canais, cidades, e até capitais, numa longa e misteriosa jornada.

Um bom exemplo é o gigante rio São Francisco, que também nasce de um singelo fio d'água bem na Serra da Canastra, no estado de Minas Gerais, atravessa vários estados brasileiros até desaguar no poderoso Oceano Atlântico, entre Alagoas e Sergipe, depois de percorrer mais de 3.000 quilômetros e sofrer diversas interferências.

Vamos observar, por exemplo, o rio Tietê, que nasce limpo e percorre muitos trechos em direção ao interior do estado de São Paulo, até desaguar no rio Paraná, após transcorrer 62 municípios paulistas.

CAPÍTULO 8

Abusando da analogia e trazendo a percepção para a minha jornada contra a depressão até vencê-la, posso resumir: a mente nasce límpida, leve, cristalina e saudável. Mas, ao longo da trajetória e das vivências, pode ser atacada e contaminada.

Nosso exemplificado Tietê vai recebendo cargas contaminantes que só aumentam, até essa poluição alcançar níveis indesejados, que tornam suas águas irreconhecíveis. A quantidade de resíduos é tão grande, que ele parece nem fluir mais. Mesmo nascendo tão próximo da capital paulista, passa por São Paulo quase sem vida.

Cada ser humano nasce em condições muito parecidas, apresentando as mesmas características das águas: límpidas, leves e transparentes, livre de crenças e de cargas contaminantes.

Nessa caminhada, da fase de criança à vida adulta, recebe todo tipo de informação, tem contato com a poluição dos pensamentos negativos, os "entulhos" sob a forma de crenças que acabam dificultando o seu fluir.

Perceba por meio dessa simples analogia como somos parecidos entre "a" e "b":

a) **O rio** — se estiver saudável, vai irrigando suas margens, vai fornecendo água e alimento para toda a população, deixando a sua contribuição por onde passa. O maior propósito do rio não é a sua chegada, até porque ele não conhece o caminho que vai percorrer, não sabe aonde irá desaguar, o seu destino é incerto, isso não tem a menor importância. Ele só vai...

b) **O ser humano** – a nossa vida, se estiver saudável, há de ter o mesmo propósito, vamos deixando a nossa contribuição, sem a tentativa de controlar o destino e o tempo. Assim, é o fluir natural da vida. Ela só vai...

É óbvio que não estou sugerindo uma vida sem ambições. Isso não elimina a importância de ter um propósito definido, um objetivo traçado, uma meta a ser alcançada, ou um sonho alimentado há bastante tempo.

O importante é que não podemos ser prisioneiros desses anseios. Você há de se recordar que partilhei a intenção distanciada, isto é, queremos e devemos investir tempo e energia para realizá-los, mas não a ponto de que isso ocorra "a qualquer preço", com a justificativa de que "nem que eu adoeça, mas vou conseguir". Assim como o rio, o nosso maior propósito não deveria ser a chegada, mas sim a alegria da jornada, do percurso em si, e toda a contribuição que vamos deixando a cada dia.

"Não existe vida sem ação, só ausência de percepção."

Deprimido e antes da fase de aceitação, eu alegava que não queria decidir nada, sem perceber que a não

"NÃO EXISTE
VIDA SEM AÇÃO,
SÓ AUSÊNCIA
DE PERCEPÇÃO."

decisão e a não ação também eram, em certa medida, um tipo de decisão, um tipo de ação.

Repare que o rio nasce puro, a mente humana também. Quando as impurezas do rio são grandes, as águas não conseguem fluir com facilidade. Quando os pensamentos são negativos, as preocupações desnecessárias, as mágoas, a inveja e outros sentimentos se alojam na mente, o sofrimento e a dor dificultam a jornada, fazendo com que a vida deixe de fluir em plenitude.

Um rio poluído perde a capacidade de receber e reproduzir peixes. Uma mente comprometida perde a alegria de viver e reproduzir ideias, criar com liberdade, ousar e prosperar.

Para retomar a fluidez, tanto nas águas do rio quanto no caminhar da vida, ambos precisam do mesmo processo de "purificação". As águas devem passar pelo processo de decantação e filtragem para remover os "entulhos" acumulados. A mente humana só "se liberta" quando conseguimos perdoar o outro e nos perdoar, quando eliminamos os "entulhos", os sentimentos negativos que nascem dos próprios pensamentos.

Como podemos entender e praticar a aceitação?

A aceitação não é um processo para ser entendido, mas sim vivenciado por meio da prática, o que nos ajuda a eliminar boa parte da toxicidade impregnada na mente. Escolhi cinco soluções que fizeram toda a diferença em meu tratamento e vou partilhar com a esperança de que façam também uma grande diferença para aqueles que vivem uma luta parecida com a que venci.

1) **O fim da inércia e da reação** – é preciso um esforço diário para mudar a forma de pensar e agir. Por exemplo, vivenciei duas fases da depressão, ou não fazia nada ou reagia. Conforme fui praticando a aceitação da minha condição, aos poucos comecei a sair do modo reativo ou do modo de inércia, e isso tem relação direta com as experiências que merecem ser lembradas. Isto é, após aceitar a doença e o tratamento, passei a lembrar de como agia antes da doença, o que me levou a um lampejo, um fragmento do desejo de melhorar, que, aos poucos, foi aumentando;

2) **Pequenos passos** – quando se enfrenta uma doença grave como a depressão, muitos podem nos convencer a "pensar grande" e, na verdade, o deprimido não quer mudar. Um amigo, por exemplo, recomendou que fizesse uma viagem e fosse respirar novos ares. Pode parecer uma sugestão interessante, mas levando-se em conta que eu não queria sequer sair do quarto, a tal viagem era "muita coisa". Assim, a partir da sugestão dele, decidi dar um passo de cada vez, primeiro saindo do quarto e, algum tempo depois, passeando com o cachorrinho de minha irmã;

3) **O silêncio da mente** – assim como a água precisa estar em repouso para passar pelo processo de purificação e decantação, precisamos de silêncio para compreender o poder de aquietar a mente. Isso mesmo, a mente vitimada pela depressão é barulhenta e, por ela, há um grande tráfego de pensamentos negativos. Ocorre que a água não perde a sua essência e, mesmo poluída, permanece H_2O. No meu caso, promover o silêncio funcionou, na medida em que fui procurando resgatar a pureza da mente, reduzindo os pensamentos negativos que formavam trânsito em minha cabeça;

4) **Aceitar não é uma derrota** – a mente condicionada pelos pensamentos e pela doença pode ser um grande entrave, porque ela "sugere" que "aceitar" todos os enfrentamentos e rótulos faz da pessoa uma alienada, uma submissa, ou que aceitar é para os perdedores. Cabe validar que aceitar não tem qualquer relação com a derrota. Por exemplo, o diagnóstico de qualquer doença não é uma sentença de morte, mas sim uma informação, no sentido de que, a partir dali, é preciso aceitá-la, lutar, fazer o tratamento e procurar a cura;

5) **Aceitar não é controlar** – a depressão é, digamos assim, a resultante de uma cadeia de decisões, indecisões, abstrações, resistências, julgamentos e, dentre tantos outros fatores, está o vão desejo de controlar tudo. Isso mesmo, vão porque é uma ilusão supor que a pessoa

esteja no controle absoluto do que a cerca, do emprego ou da empresa que possui, dos problemas diários, das questões em pauta envolvendo os amigos e a família, das decisões alheias, e até de um futuro cujo presente sequer foi construído. Quanto mais a pessoa tenta controlar tudo e todos, maior é o risco de entrar em depressão ao descobrir que não pode impor seus pensamentos e ideias, ao constatar que nem sempre tem razão. O mais importante, descobri em meu enfrentamento, foi concluir que poderia ser feliz e saudável mesmo sem alimentar a obsessão por controle.

Embora não exista uma estratégia melhor do que a outra para vencer a depressão, pois uma complementa a outra, você deve ter reparado como a aceitação é importante. Numa primeira etapa, aceitar nossa condição é um desafio sem precedentes e, lá na frente, tal qual aconteceu comigo, o jogo vira: a aceitação hoje me traz prazer. Isso mesmo:

> **"É prazeroso viver e me aceitar do jeito que sou, com o que tenho de limitante para evoluir e o que possuo de impactante para contribuir."**

Chegamos, portanto, ao fim da tríade e ao momento em que compartilho a pequena relação que traz um grande resultado, tal qual o fiz nos capítulos 6 e 7.

"É PRAZEROSO VIVER E ME ACEITAR DO JEITO QUE SOU, COM O QUE TENHO DE LIMITANTE PARA EVOLUIR E O QUE POSSUO DE IMPACTANTE PARA CONTRIBUIR."

a) **A amizade com a imagem** – aceitar consiste em viver bem consigo, é fazer as pazes com as rugas, as supostas imperfeições, o reflexo do espelho. Cada ruga no semblante é fruto de uma experiência que trouxe você até aqui. O espelho pode ser amigo ou inimigo, e tudo depende do carinho ou da crueldade a que nos dispomos a interpretar o reflexo. Se o olhar for inimigo, a tendência é ficar à procura de qualquer vestígio negativo na aparência (a mente faz isso com facilidade). Mas se o olhar for de amizade, a imagem refletida há de ser libertadora, há de mostrar o mais importante, você está vivo(a) e mais um dia está à sua espera;

b) **Condição financeira** – vejamos o exemplo do fictício personagem Mauro, que está em grave situação de endividamento. Todos os meses, Mauro vai buscando novos empréstimos para sanar os anteriores, vivendo a famosa bola de neve, culpando vários envolvidos pela situação: o banqueiro que cobra juros altos, o governo que aumentou os impostos, a família que tem gastado demais, o aumento de preço dos produtos em geral. Enquanto não aceitar sua condição de endividamento, Mauro pode seguir patinando. Por outro lado, ao aceitar que as suas decisões o levaram a buscar um padrão de vida acima do que conseguia, Mauro aceita a responsabilidade pelo fato e, aí sim, novos cenários de mudança vão despertar hábitos econômicos. Ou seja, a aceitação não vai mudar o fato, mas abre caminho para novas decisões e essas, sim, podem levar Mauro ao fim da indesejável situação;

c) **Aceitar os desiguais** – por tendência, especialmente dentre aqueles que têm perfil mais controlador, tenta-se "moldar" amigos e colegas de trabalho para que pensem ou façam tudo à nossa maneira. Com o tempo, percebi como é libertador admirar o meu semelhante do jeito que ele é, com as características que traz, com o estilo de vida que escolheu, independentemente das críticas que recebe dos outros por isso. Hoje, me lembrando disso e pensando em amigos que se encaixam nessa reflexão, concluo que boa parte da evolução nos relacionamentos passa pelo processo de aceitação e cabe validar: assim como aceitamos o outro como ele é, esse outro também terá o desafio de nos aceitar do jeitinho exato que somos. Em ambos os casos, o resultado é libertador e os relacionamentos só melhoram.

Chegamos ao fim da tríade e quero fazer uma validação.

> **"A aceitação não tem o poder de mudar nenhuma situação, mas tem o poder de mudar você e gerar as ferramentas para que consiga mudar."**

"A ACEITAÇÃO NÃO TEM O PODER DE MUDAR NENHUMA SITUAÇÃO, MAS TEM O PODER DE MUDAR VOCÊ E GERAR AS FERRAMENTAS PARA QUE CONSIGA MUDAR."

Daqui em diante, vamos nos concentrar em temas específicos que me ajudaram bastante, mas a tríade está aí, entregue e à disposição. Gostaria, inclusive, de fazer uma orientação, sempre com o intuito de aliviar o peso da mochila do sofrimento: quando eu estava deprimido, não tinha ânimo para muitas atividades, nem mesmo a leitura. Se essa for a mesma situação de alguém que você espera ajudar, sugiro que peça para a pessoa ler "principalmente" os capítulos 6, 7 e 8, que englobam a tríade. Claro, o ideal é que ela aprecie 100% das soluções que venho compartilhando, mas quando estamos na escuridão, qualquer lanterna é holofote.

CAPÍTULO 9
AS REDES SOCIAIS E A DEPRESSÃO

Vivemos em um novo mundo bombardeado por informações, em um tempo que muito se ouve falar a respeito da tal inteligência artificial. Caminhamos a largos passos pelo mundo digitalizado e, com apenas uns cliques, temos acesso a um universo de conteúdo que chega a assustar.

Para quem é jovem, talvez o parágrafo anterior seja apenas uma constatação, e aos que têm mais primaveras vividas, isso é um choque cultural, pois quem foi adolescente entre as décadas de 1980 e 1990, por exemplo, sabe muito bem que o acesso ao que acontecia no mundo era restrito à televisão, revistas e aos livros emprestados pelas bibliotecas públicas.

Voltando à contemporaneidade, especialistas apontam que algumas profissões passam por grandes mudanças, e se veem sob o risco de extinção, caso não se adaptem a esse "novo mundo".

A velocidade é inimaginável e praticamente todos os setores receberam um aceno da tecnologia por meio da inteligência artificial: carros inteligentes que dispensam o motorista, cirurgias complexas realizadas por braços robotizados, projetos arquitetônicos de casas futurísticas, residências automatizadas, indústrias inovadoras, máquinas agrícolas jamais vistas, dispositivos móveis dobráveis, e a lista poderia seguir, sem limites.

Quem diria que, no início do século XIX, por exemplo, um dia, em milésimos de segundos, a pessoa conseguiria, mesmo longe de casa, programar todos os seus equipamentos, luzes e tomadas?

É o "novo universo tecnológico". Na minha época de criança e adolescente, tinha um desenho chamado *Os Jetsons* que retratava uma família vivendo no futuro e no espaço. Qualquer semelhança com as empresas que estão procurando meios de efetivar o turismo no espaço em pleno século XXI não há de ser mera coincidência.

Antes da pandemia da Covid-19, que trouxe tanta tristeza a todos os povos, a comunicação já era muito eficiente, porém o isolamento social reinventou a maneira de trabalhar e interagir, porque o mundo não poderia parar. Assim, o *home office* e as reuniões online encurtaram distâncias.

Quem viveu as décadas de 1980 e 1990 "conhece de verdade" o ditado "caiu a ficha", pois chegou a usar o telefone público, o velho "orelhão", em que depositava uma ficha para ter direito a conversar por alguns minutos. Na mesma época, quem viveu os tempos de telefone analógico e "discou" o número de seu interlocutor para escutá-lo numa chamada repleta de ruídos nem imaginava que, um dia, o recurso da tecnologia facilitaria falar com qualquer pessoa em qualquer lugar do mundo, com a vantagem de vê-la e ouvi-la com perfeição.

Nas mesmas empresas estabelecidas nessa época que precedeu a internet, quando se desejava reunir os executivos, pagava-se alto valor em hospedagem, alimentação e hotelaria. Nem mesmo o mais visionário gestor poderia imaginar que, no século XXI, faria suas reuniões numa sala virtual com centenas de pessoas, cada qual em uma parte do mundo, sem custos logísticos.

Quem batalhou por um táxi no inverno de 1985 sem saber quanto custaria a corrida, talvez até debaixo das chuvas típicas da terra da garoa, não fazia ideia de que três décadas adiante teria à disposição um serviço de transporte de passageiros que poderia chamar a qualquer hora do dia ou da noite com total segurança, por meio de um aparelho que cabe na palma da mão e que indica antecipadamente o valor exato da viagem.

Pois é. A velocidade foi tamanha, que muitos nem conseguem se lembrar de como eram as coisas. Ou seja, incorporamos as mudanças, até que tudo se tornou rotina. Sem saudosismo e só constatando, pode-se dizer que "nem parece" que o mundo analógico estava aí há tão pouco tempo até ser dragado pelos fenômenos internet, tecnologia e inteligência artificial.

De grão em grão ou, atualizando a linguagem, de *upload* em *upload*, foi surgindo um *app* aqui, outro ali, mais um acolá, até que vieram as chamadas "redes sociais".

Nada contra, em absoluto. Usadas de uma forma equilibrada, sempre com um "olhar consciente", as redes sociais oferecem soluções produtivas e proveitosas.

Faço um convite de trazer um "novo olhar" para o assunto, percebendo as enormes contribuições da inovação, mas prestando atenção ao outro lado da "moeda", observando possíveis consequências "inerentes" a esse avanço, na maioria das vezes ocultas, quase imperceptíveis.

Em outro trecho, abordei a necessidade de estarmos atentos às comparações que fazemos, muitas delas nocivas, na medida em que abandonamos a própria essência e procuramos adotar a do outro. Nas redes sociais, essa comparação é involuntária e frequente.

Utilizando as redes como meio de entretenimento ou ferramenta profissional, de toda maneira acessamos a vitrine do mundo em tempo real, vemos a vida de pessoas que têm uma realidade totalmente diferente.

Se a mente está condicionada a ver somente o que as crenças permitem, o frequentador das redes pode acreditar que 100% daquilo que está exposto é real, que não há nenhum tipo de edição, que a vida é sempre linda e isso pode ser perigoso.

Conforme o dedo indicador vai se movimentando acima e abaixo, vê-se um grande desfile de corpos, rostos impecavelmente livres de rugas e de imperfeições (muitas vezes, valorizados por "filtros"), cabelos que parecem ter saído da novela, músculos perfeitos, roupas e bolsas de grifes, mansões com piscinas gigantescas, jatos, iates, helicópteros, carros luxuosos e outros "atrativos" que, muitas vezes, nem todos conseguem comprar, mas quase sempre o "botão de compra" está por ali, disponível a um toque conhecido por *clique aqui* ou *saiba mais*.

Quando fecha a rede social e vai dormir, se a mente estiver saudável, o que foi visto será esquecido ou tratado pela mente como uma mera "visualização de entretenimento". Mas se a depressão estiver "próxima", e mais uma vez afirmo que não estou defendendo uma tese, mas sim compartilhando a própria experiência, em contato com esse assim dito mundo perfeito, há boas chances de que o conteúdo visto gere algum tipo de frustração, insatisfação, incompletude, ansiedade, tristeza e, por fim, depressão. Quase sempre, perguntas surgem na mente alimentadas por esses sentimentos:

- *Será que se eu me apertar neste mês, consigo comprar aquele sapato?*

- *Eu preciso tanto daquele carro que vi. Se o meu crédito estiver bom, acho que vou fazer um financiamento.*
- *Se eu pudesse, frequentaria aquela academia que vi na rede, mas a mensalidade é quase o mesmo valor do meu aluguel.*
- *Vou jantar naquele restaurante que eu vi na rede social e, assim que me servirem, posto uma foto do prato e marco o lugar onde estou.*

Assim, em busca de pertencimento, talvez movida pela incompletude ou pelo simples desejo de não se frustrar, a pessoa pode assumir um endividamento, adotar um estilo de vida acima das suas possibilidades e, ainda pior, levar para casa um produto ou uma suposta solução que pode deixá-la ainda mais frustrada porque não representa o seu desejo real.

Nos exemplos citados, talvez após a experiência, os pensamentos sejam outros:

- *Fui comprar aquele sapato caríssimo, fiquei endividada e, seis meses depois, acabei de descobrir que só usei uma vez.*
- *Por que fui financiar aquele carro? Agora que as férias chegaram, falta dinheiro para a viagem que eu tanto sonhava.*

- *Assinei o pacote semestral daquela academia cara e, agora que paguei todas as contas, percebo que não sobrou para a mensalidade da faculdade.*
- *Poxa, postei a selfie naquela noite do jantar, e ninguém curtiu, nem compartilhou, mas agora a fatura do cartão chegou. Nem percebi como foi tão caro!*

Isso quer dizer que não devemos comprar nada que as redes sociais ofereçam? Claro que não é bem assim. Em muitos casos, as redes têm os nossos dados e, por conhecerem nosso perfil, acabam indicando soluções interessantes e positivas. Meu intuito é alertar quanto àquilo que você não quer, não precisa ou não merece comprar só para pertencer ao seleto grupo que comprou.

No período pré-depressão, isso aconteceu comigo. Coloquei na mente a ideia fixa que uma viagem para determinado destino me faria feliz e não sosseguei até comprá-la, acreditando que isso mudaria meu estado de espírito. Como toda viagem, aproveitei e foi muito legal. Mas, ao retornar, trouxe na mala, além das roupas e dos itens comprados, os problemas que havia levado na ida e um ônus a lidar: dez parcelas da pesada viagem no cartão de crédito.

Em outras palavras, voltei com um endividamento que não inutilizou a prazerosa viagem, porém se tivesse acontecido um pouco mais adiante e com planejamento, não teria trazido problemas.

Adivinhe onde essa viagem despertou minha atenção? Se você pensou em redes sociais, acertou em cheio.

O alerta que ofereço a você vai nesse caminho. Como diziam os antigos, quando a cabeça não pensa, o corpo padece. E posso afirmar com vasto conhecimento de causa: a depressão ocorre na mente, mas o corpo sente o baque.

Preventivamente, precisamos ter um olhar consciente para as redes sociais. Se a pessoa passa horas observando o que está acontecendo com outras pessoas e realidades, merece estar consciente de que aquela não é a condição de vida, nem a realidade dela, livrando-se assim da comparação involuntária sobre a própria vida.

Merecemos ter ciência de que, por tendência, vivemos encarcerados pelo mundo digital, dentro das nossas casas, onde cada membro tem o seu aparelho e cada um acessa "o seu tipo" de conteúdo, aquele que mais agrada e distrai. Sem essa consciência que deve ocorrer a todo tempo como uma espécie de vigília da mente, a indesejável consequência pode ser o vício nessa pequena tela e nesse grande universo digital.

Outro ponto a administrar é a frequência, pois aquilo que é inevitável merece, ao menos, ser policiado. Por exemplo, enviamos e recebemos mensagens a todo momento, o que foi um grande e indiscutível avanço.

Veja, no entanto, como esse recurso nos prende ao dispositivo móvel ou ao computador. Certamente, você conhece alguém que não resiste a olhar para o celular de minuto em minuto, mesmo em momentos de intimidade como o jantar em família, com argumentos que se parecem:

- *Estou só dando uma conferidinha.*
- *É que fiquei aguardando uma mensagem importante.*
- *Preciso conferir se o cliente recebeu meu recado.*

Após a libertação da depressão, hoje procuro fazer o uso mais consciente possível das redes. Se vou gerar conteúdo ao público que me acompanha, me concentro nisso e, ao terminar, fecho o aparelho rumo à próxima atividade. Se vou me entreter com o humor que tanto gosto nas redes, estabeleço um tempo aproximado, me divirto e, após esse período, basta.

Não estou afirmando que o meu jeito de usar é o melhor ou o correto. Longe disso, apenas compartilho que, no meu caso, foi libertador ter acesso ao que interessa nesse ambiente sem ficar preso, sem perder a concentração naquilo que devo fazer, sem abrir mão das pessoas próximas que aguardam minha atenção presencial.

As situações saltam às dezenas, por conta do paradoxo da informação. Isto é, com o pretexto de que estamos procurando algo útil, flertamos com o desperdício de tempo e energia. Por exemplo, pegamos o celular para verificar se há uma nova mensagem e nem sempre paramos por aí. Uma notificação "grita", trazendo a informação de uma nova curtida (por tendência, postamos algo e, a partir daí, passamos a monitorar a movimentação desse *post* a todo instante), um compartilhar disto e daquilo, uma foto em que a pessoa foi marcada, a nova linda postagem de alguém, um vídeo novo do guru favorito que "precisa" ser assistido, um novo curso oferecido com um restrito número de vagas que "aprisiona", pois em nome de uma suposta escassez, a pessoa sente que "deve" parar tudo o que é importante para verificar imediatamente aquela "oportunidade única".

Há um ditado antigo que diz: "Caiu na rede, é peixe". Pois bem, levando a reflexão ao universo da interação digital, são muitas "redes" que têm propostas "sociais" e, na verdade, podem servir como armadilhas. No caso, "caiu na rede, é cliente", *prospect*, avatar, usuário, comprador em potencial. Inclusive, o termo *fishing* é bastante utilizado na venda de produtos digitais em geral. Aos poucos e sem perceber, vamos nos tornando o peixe, fisgados por incontáveis "atrativos" que, sim, em um primeiro momento, podem ter essa faceta atrativa, mas em exagerada medida, também podem nos afastar do que é importante, o convívio, o amor, a família, os amigos, a vida.

Não estou afirmando que todos os produtos digitais escondem armadilhas, muito pelo contrário, as redes sociais são como uma vitrine que expõe excelentes produtos ou serviços, e está tudo certo, é legítimo. A minha "chamada de atenção", por assim dizer, tem por base a experiência que vivenciei, pois em dado momento, deprimido, comprei muitos cursos intangíveis que prometiam felicidade, plenitude, aumento na qualidade de vida e outras propostas nesse sentido.

Somente quando me libertei da depressão consegui entender que o problema não era o curso oferecido e seu respectivo conteúdo. Por melhor que fosse o tal curso, não poderia ajudar porque eu tentava buscar fora aquilo que deveria ser procurado dentro de mim.

Esse é o núcleo do recado: em muitos casos, a vítima de depressão passa dias inteiros navegando pelas redes sociais e esse comportamento já é um indicativo para a família, os amigos e os que com ela convivem: a pessoa está precisando de ajuda profissional.

Em outros casos, o deprimido (que raramente tem consciência de sua condição deprimida) sai comprando qualquer paliativo que tenha a proposta de dar um "*up*" em sua vida. A reação dos próximos costuma ser mais ou menos assim:

- *Você se matriculou num curso motivacional. Que bom, vamos ver se agora a sua vida vai pra frente!*
- *Até que enfim, é isso mesmo, curso nunca faz mal!*
- *Nossa, que caro. Pelo preço, deve ser bom!*

Se está no ar a suspeita de uma depressão, em vez de encorajar, concordar ou validar esse comportamento, o ideal é procurar meios de colocar a pessoa na rota da ajuda de psicólogos.

Além disso, quem deseja ver um deprimido restabelecer a saúde deve saber de algo importante: não existe curso salvador, nem redes sociais que amenizam a dor, tampouco solução mágica da noite para o dia. A libertação é um processo que passa por diversas etapas, não necessariamente na mesma ordem: compreensão, carinho, amor, compaixão e acompanhamento profissional. No lugar da piedade, é saudável nutrir compaixão pela pessoa, entendendo o momento dela, se conectando sem adotar para si a dor que essa pessoa está sentindo. Além disso, empatia, mão estendida e coração disponível fazem toda a diferença.

Há ainda situações em que o deprimido mergulha nas redes sociais, escondendo uma grande carência afetiva que precisa de validação enquanto desfila os eventos do seu dia a dia na passarela das redes sociais, onde quem se apresenta precisa ser notado e aplaudido, se alimentando das curtidas que trazem uma "compensação psicológica", como se o fato de "ser reconhecido no ambiente digital" e diante dos "holofotes virtuais" fizesse a dor da depressão sumir.

Posso dizer por experiência própria: as redes sociais e o "status" não diminuem a dor da depressão.

Numa analogia, a sensação das redes para o deprimido é como o vício que traz o prazer temporário, como o cigarro ou a bebida. Seguindo a analogia, assim que o efeito passa, a dor volta. Portanto, não me canso de orientar, o que restabelece a saúde do deprimido é a ajuda profissional, com um detalhe: um bom profissional.

Por outro lado, assim como qualquer demanda da vida, a rede social não pode, nem deve, ser tratada por um olhar radical.

- *A partir de hoje, vou cortar as redes sociais do meu filho porque podem deprimi-lo!*

Não se trata disso. Outra vez, a dosagem que separa o remédio do veneno se faz valer, até porque precisamos nos lembrar de que a rede social tem o seu lado bom, agregador, divertido e positivo.

Assim explicado, quero oferecer a você cinco orientações que se baseiam naquilo que vi e venci enquanto enfrentava a depressão, no que diz respeito às redes sociais, além de cinco estratégias para o cotidiano. Espero que sirvam para a pessoa se prevenir do assédio da depressão, que também passa pelas redes.

1) **Isolamento social** – veja como é paradoxal. Apesar de serem chamadas de redes sociais, uma das primeiras características de alguém que se torna

"dependente digital" é deixar de lado a vida social. Então, recomendo atenção redobrada para a pessoa que você ama e que, aos poucos, tem ficado cada vez mais tempo em um canto, sem interagir, restrita ao microuniverso do telefone celular;

2) **Descompromisso com os relacionamentos** – outro termômetro que indica a proximidade da pessoa com a depressão é o momento em que ela prioriza as redes sociais e não se preocupa com as consequências que isso pode acarretar aos seus relacionamentos. Por exemplo: casais que se sentam à mesa para almoçar e, na verdade, só fazem "navegar". Antes que a depressão se instale, o caminho é reduzir o distanciamento social, passando a interagir, viver e conviver;

3) **Agressividade** – proponha retirar o celular de alguém ou observe o comportamento da pessoa quando a internet cai. Se qualquer dessas situações deixar a pessoa agressiva, o sinal de alerta está aceso. Isso significa que ela está deprimida? Não necessariamente. Porém, mostra que a pessoa abriu a porta para a depressão, porque lá adiante, ao descobrir que a busca por aprovação nas redes sociais mais frustra do que traz alegria, aí sim pode ser tarde demais;

4) **Bullying digital** – estamos acostumados a ouvir ou ver esse tema debatido presencialmente, quase

sempre no ambiente escolar. Entretanto, é nas redes sociais que os nossos filhos interagem e, uma vez lá, podem ser ofendidos pela aparência, pelo estilo ou por razões diversas. As pessoas que frequentam as redes sociais podem ser bem cruéis, o que deixa para nós, pais e educadores, o compromisso de entender "de quem" os nossos filhos são "amigos" e se recebem dessas pessoas o merecido respeito;

5) **Comparação digital** – cuidado com as associações e comparações involuntárias. Cada ser é único por essência, mas não é fácil legitimar essa unicidade, uma vez que vemos nas redes pessoas mais magras, mais belas, mais ricas, mais isto e mais aquilo. Lembre-se de algo que há de fazer toda a diferença no sentido de que você não se aproxime da depressão: a única pessoa que pode fazer comparações é você. Ou seja, ninguém vai forçar você a se comparar e, além disso, é possível ser feliz e manter a alegria do jeitinho que você é, com aquilo que possui e com as pessoas que escolheu para viverem ao seu lado.

Como prometi, entrego agora as cinco estratégias que, apesar de simples e diretas, possuem força e impacto para que mantenha a mente saudável, sem ser aprisionada pelas redes sociais, extraindo delas somente o que há de melhor.

1) **Gestão do tempo** – a maioria, quando quer navegar pelas redes, pega o celular ou o computador e começa, sem método ou controle. A dica é que estabeleça e respeite horários para navegar. Além de não ficar refém dos *posts* e dos vídeos, essa estratégia há de permitir que consiga tempo para as demais pessoas e áreas da vida que precisam de atenção;

2) **Gestão de lugar** – por mais que a empresa permita o uso de telefone celular ou das redes sociais no trabalho, cabe ao profissional o bom senso de evitá-las pela perspectiva pessoal. Ou seja, se está usando as redes para divulgar o produto ou serviço da empresa, sem problemas. Contudo, usar o horário que deveria ser dedicado ao trabalho para verificar *posts* pessoais é uma ação que não prejudica somente a empresa ou o patrão. Pelo contrário, o profissional prejudica a sua imagem, produtividade e carreira como um todo;

3) **Excesso de grupos** – observe que, nos últimos meses, decerto você foi convidado (em alguns casos, convocado) a fazer parte de um ou vários grupos das redes. Em dado momento, cabe estudar a hora de gentilmente se desligar, pois os grupos são os principais ladrões de tempo e escondem ainda um perigo: quase todo grupo tem protagonistas, opiniões acaloradas, ofensas, coisas positivas e outras nem tanto. Ao identificar o instante em que determinado grupo deixou de fazer bem a você, não hesite, nem se sinta obrigado

a manter-se ali porque aprecia quem o incluiu. Certamente, a pessoa vai entender que você deseja sair para focar em outras áreas importantes;

4) **Respeito ao não uso das redes** – há um certo preconceito em relação àqueles que decidiram usar pouco ou não usar as redes sociais, que preferem uma vida analógica e regada ao convívio presencial. Por mais que sejamos antagônicos sobre essa decisão, precisamos estar cientes de que é um direito da pessoa, que não pode nem deve ser julgada por isso, pois ela não está certa ou errada, simplesmente fez uma escolha e se sente bem assim;

5) **Redução** – não é um assunto fácil, mas deve ser retratado. Às vezes, alguém nos pede amizade porque há amigos em comum e aceitamos. Com o tempo, descobrimos por meio das postagens que discordamos da maneira com que essa pessoa enxerga o mundo, a vida, as convicções e, sem querer, passamos a ter na rede uma pessoa de comentários tóxicos, inconvenientes, sempre disposta a embates desrespeitosos. Se esse é o caso, a recomendação é que não mantenha dentre os seus "amigos" alguém cujo conteúdo não lhe faz bem.

Chegamos ao fim da abordagem sobre as redes sociais. Perceba que são orientações simples, mas que fazem toda a diferença, e cabe ainda lembrar de que o óbvio, muitas vezes, não é tão evidente para quem enfrenta os males que afetam a mente.

Até aqui, já esmiuçamos, investigamos e procuramos meios e estratégias capazes de nos conduzir a uma vida de alegria, autonomia e liberdade. Abandonamos a mochila do sofrimento, descobrimos quanto potencial temos para evoluir. E o que falta? Resposta: a metamorfose e o sentido da vida, por isso convido você a continuar comigo. E, claro, apesar de a obra se encaminhar à parte final, a recomendação é que você possa sempre revisitar o conteúdo, afinal, temos uma visão diferente a cada dia, para cada assunto.

Assim como a lagarta não sabe que vai se tornar borboleta e, mesmo assim, se transforma, aconteceu comigo. Eu não sabia exatamente em que momento me libertaria da depressão, mas como demonstrei ao longo da obra, a cada dia um passo, uma mão estendida, um lampejo aqui e outro ali de consciência e, quando percebi, estava pronto para a libertação do cárcere, do casulo que me impedia de voar, assim como espero que a pessoa que você conhece ou com quem convive e enfrenta algo semelhante também possa iniciar o seu processo de metamorfose, se libertando da mochila do sofrimento.

CAPÍTULO 10
A METAMORFOSE

Durante todo o enfrentamento da depressão, uma das ações mais difíceis para mim foi aquela que, para uma mente sã, é simples: refletir. Isso mesmo, o deprimido não consegue fazer reflexões aprofundadas sobre como sair do processo para encontrar dias melhores, marcados pela alegria de viver.

Hoje, ministrando palestras, escrevendo ou mesmo conversando com pessoas que me procuram pedindo um conselho, uma ajuda, eu sempre digo que o primeiro passo para acessar a consciência é praticar o exercício da reflexão, que nada mais é do que a capacidade inerente à essência humana de pensar sobre si, de refletir o modo como se relaciona com as pessoas e com o mundo, lembrando que somos uma combinação entre corpo, mente e espírito.

Faço essa sugestão por conta daquilo que comentei logo no início: a pessoa deprimida evita pensar porque, no fundo, teme encontrar alguma solução que mude sua maneira de agir, pois normalmente ela não deseja mudar.

Formado o padrão mental, a tendência natural de quem enfrenta a depressão é continuar pensando e agindo do mesmo modo a que se acostumou, e mais uma vez, deixo claro: não é uma tese. Aconteceu comigo.

Se pudéssemos obter somente o resultado, sem necessariamente precisarmos mudar, esse seria o melhor dos mundos. Podemos, então, compreender o seguinte: o desejo natural é por mudanças e perceba que sempre falamos sobre mudar. Ou seja, a intenção está presente, mas, no fundo, bem lá no fundo, a questão é outra.

> **"Não queremos mudar, o que desejamos mesmo é o benefício da mudança, que é o resultado."**

Mas como todo resultado deriva das mudanças, somos obrigados a passar pelo processo. A mudança, portanto, é o meio para se obter o resultado, que por sua vez é o fim.

Pensando como o deprimido, o ideal seria mudar sem passar pelo processo, apenas usufruir o resultado, ou seja, não passar pelo meio e apenas obter o resultado.

A mudança propriamente dita é um grande entrave, ela passa a ser um problema, um incômodo, razão pela qual as pessoas afetadas pela depressão não apreciam processos que envolvem mudança.

Vejamos um exemplo. A pessoa sai para uma caminhada com o objetivo de manter a forma física e,

"NÃO QUEREMOS MUDAR, O QUE DESEJAMOS MESMO É O BENEFÍCIO DA MUDANÇA, QUE É O RESULTADO."

focada nisso, escolhe caminhar dentro de seu prédio. Uma segunda pessoa com o mesmo objetivo opta por realizar a atividade dentro de um bosque.

Observe que ambas buscam resultados e estão focadas no exercício físico. A mudança para as duas praticantes está na perspectiva e em como a mente também se alimenta daquilo que enxerga, a segunda tem o benefício de se encantar pela beleza do lugar.

Compreender com profundidade cada ação que praticamos é sair do senso comum, é fugir da superficialidade das coisas, e, como toda grande transformação começa com pequenas mudanças, tudo é importante.

Veja mais um exemplo. Se a pessoa está endividada e precisa passar por um processo de reeducação financeira, normalmente ela não quer enfrentar os desconfortos da privação, não quer deixar de comprar os itens supérfluos e, se faz isso, acaba resultando em irritabilidade. Se pudesse fazer uma escolha, talvez seria manter o mesmo padrão de gastos e livrar-se das dívidas, mas todos sabemos que isso não é possível. Como diziam os mais velhos, para fazer uma omelete, é necessário quebrar os ovos.

Sendo a mudança o meio necessário para obter os resultados que tanto desejamos, é fundamental passar por ela com alegria. Mas como fazer isso? Como ver graça naquilo que é desconfortável?

A minha resposta não precisa ser ou estar certa, é apenas minha. Por exemplo, eu não gosto de academia, mas preciso dela para manter a saúde física, então procuro encontrar alegria nos detalhes do treino. Inclusive, a *personal* que me acompanha, certo dia, disse:

— Você é um dos alunos que mais se divertem treinando.

A resposta deixou a treinadora surpresa.

— Você não faz ideia, mas o fato é que eu não gosto de treinar. Mas, como necessito estar aqui, procuro me divertir ao máximo para transformar a tarefa em alegria.

Ambos sorrimos com a constatação. Veja que é um exemplo claro: o resultado é o bem-estar físico, mas não posso desejá-lo sem o esforço da mudança, que nesse caso consiste em sair de casa e estar lá, disposto e alegre para o treino.

Como já disse, toda mudança cria um desconforto, e ele não é somente físico. O maior desconforto é mental, porque cria uma ruptura com padrões mentais a que estamos condicionados pelos hábitos.

Perceba que o resultado rumo à transformação só começa a aparecer depois da entrega definitiva ao processo. Como dizem, "mergulhou de cabeça", colocou empenho e dedicação para mudar o(s) seu(s) hábito(s).

É através do choque de realidade que transformamos os padrões mentais, e não costuma acontecer no externo, de fora para dentro, mas sim internamente, de dentro para fora. Em resumo, percebi na própria pele as mudanças que não geram desconforto e não

doem nada, por conseguinte também não mudam nossa condição deprimida, no máximo a disfarçam.
Mas o que isso tem a ver com a depressão?
Tudo!
O processo da depressão em si é um mergulho "forçado" dentro do mecanismo da mudança. Sem querer e sem saber, vem o choque de realidade, que é o diagnóstico, e que leva imediatamente às possíveis perguntas:

- Será que estou deprimido?
- Seria possível isso acontecer comigo?

Como sempre digo:

> **"A pessoa não escolhe a depressão, ela é que escolhe a pessoa."**

Vamos fazer um passeio pela ludicidade. Imagine se pudéssemos, tal qual acontece no filme "Alice no país das maravilhas", conversar com uma lagarta a caminho de sua transformação. Se perguntássemos a ela:
— Sra. Lagarta, é verdade que está prestes a mudar de forma?
— Não estou sabendo. De onde tirou essa ideia?
— Basta ver o seu comportamento. Reparou que está comendo tudo o que encontra pela frente?

"A PESSOA NÃO ESCOLHE A DEPRESSÃO, ELA É QUE ESCOLHE A PESSOA."

— É que sinto fome.

— E não seria porque está acumulando energia para atravessar o seu período mais difícil e doloroso de se transformar em borboleta?

— Eu, hein. É cada ideia. Muito obrigada, prefiro continuar como estou!

Assim seria a opção da lagarta, se tivesse consciência e pudesse fazer uma escolha contrária à sua natureza. Assim faria o deprimido, se tivesse a opção de ficar quietinho sem o contato com propostas de mudança.

Percebe por que precisamos da transformação? Só atravessando o processo de mudanças incômodas podemos acessar a libertação.

Afinal, ninguém em sã consciência escolheria viver "rastejando" dentro do processo da depressão. Ao contrário, a pessoa é "sugada" forçosamente a entrar nela, como um enorme "redemoinho" que passa levando tudo e deixando suas marcas de destruição.

Não dá para ter clareza mental de todos os "porquês" quando está dentro do processo, assim como não dá para compreender o poder destruidor da força dos ventos quando ela vai "engolindo" todas as coisas por onde passa.

Hoje, consigo ter uma compreensão melhor, sei das dificuldades cognitivas que enfrentei, e compreendo que a depressão é um mergulho profundo dentro da inconsciência. Se as percepções simples da vida ficam totalmente comprometidas e o deprimido tem dificuldades para se relacionar com o mundo externo e as pessoas, que dirá praticar o exercício da reflexão, que seria fundamental para ajudá-lo a se libertar.

Um longo caminho haverá de ser percorrido até compreender tudo o que aconteceu, assimilar as dificuldades que passou, um lento passo a passo para retomar a consciência e acessar o processo de libertação, isto é, a sua metamorfose.

Essa metamorfose é como se fosse o romper da própria condição, uma despedida da tristeza rumo à alegria de viver, e cada pessoa leva um tempo para conseguir, a depender da velocidade em que se conscientiza da própria condição e da necessidade de transformação.

Sim, eu senti e vivi a depressão e posso afirmar que entendo como pode ser difícil para o deprimido imaginar a transição da tristeza à alegria, mas, a seguir, vou mostrar um caminho.

Guardadas as proporções, a inconsciência é como se fosse a escuridão, que é a ausência de luz.

Você já reparou como é difícil se locomover num ambiente que, de súbito, ficou totalmente escuro?

Vem aquela sobrecarga de energia e pronto, todo o bairro está sem energia. A primeira tentativa mental é lembrar onde estão as velas, onde está cada móvel para evitar o acidente mais comum, a pancada no dedo mindinho.

Os movimentos são lentos, com extrema cautela, perde-se a noção de espaço, a capacidade espacial fica comprometida. Não sabemos o que está acima ou abaixo, à frente ou atrás, à direita ou à esquerda.

Muitas pessoas têm até pavor dessa situação porque se sentem reféns da escuridão. Essa analogia é apenas uma simples reflexão para compreender o que se passa dentro da mente de um deprimido com relação às suas dificuldades cognitivas e, evidentemente, não estou comparando a depressão a um mero "apagão" elétrico, nem diminuindo a pancada que recebemos enquanto deprimidos.

Apenas para efeito de comparação, o que acontece na mente da pessoa deprimida é um apagão cognitivo, que perdura durante a fase mais aguda desse processo.

No entanto, assim como temos a certeza de um novo amanhecer, também podemos entender que uma pequena fresta de luz há de penetrar nesse ambiente escuro, contribuindo com o seu miúdo feixe de claridade, que já proporciona alguma visibilidade, facilitando os primeiros passos, ou pelo menos resgatando a noção espacial.

Essa pouca luminosidade para o deprimido já é um grande passo, um avanço na retomada da consciência, rumo à transformação. Ele começa a compreender as principais dificuldades, retoma lembranças inconscientes, e vai deixando a inércia para trás, demonstrando pequenos sinais de reação para querer sair, esboçando o desejo de fazer algo que dá prazer, uma atividade lúdica, o trabalho retomado, o *hobby* reassumido.

São sinais visíveis de retomada, do desejo de voltar a viver e conviver, mas não se enganem os que convivem com ele: ainda pode levar muito tempo para a vida voltar totalmente ao normal. E não me refiro ao "normal" estabelecido pela sociedade, mas ao "normal" para a própria pessoa.

Esses pequenos movimentos são apenas o primeiro estágio de uma readaptação e transformação. Nada será como antes, a tendência natural é que, depois do processo doloroso, hábitos que levaram ao chamado "fundo do poço" sejam abandonados, mecanismos que permitiram ser "sugado" por esse traumático processo depressivo sejam evitados.

Assim também aconteceu comigo. Após o período depressivo, a vida nunca mais foi a mesma, porque houve mudanças internas na forma de pensar e agir, sendo essa talvez uma das mais expressivas transformações que o processo gerou, algo como um legado positivo.

Mas eu só reconheci esse momento depois de retomar a completa lucidez, exatamente como a metamorfose da borboleta: ela não se reconhece mais como lagarta, intuitivamente sabe que houve uma mudança radical e se adaptará à nova vida livre do casulo. No meu caso, esse casulo era a mochila do sofrimento.

Explicando em detalhes, posso resumir o processo. "É como se dividíssemos a jornada da vida em dois estágios. No primeiro, está tudo aquilo que foi vivido antes, e no segundo, tudo o que será vivido depois do processo. A depressão é o hiato entre os dois estágios."

Quem passou pela vivência profunda do processo depressivo, assim como a família desse deprimido (que também sofre), consegue compreender com clareza essa transformação.

Assim como acontece com o processo da metamorfose, a borboleta instintivamente irá fazer suas primeiras tentativas de voo. O mesmo acontece com o período pós-depressão. Eu sabia que estava a enfrentar um processo de readaptação, e nem sempre tive a exata noção de como seria isso.

Voando para a nova vida transformada, tal qual a borboleta que usei no exemplo, quem passou pela depressão começa a sua retomada cognitiva. E, como se pode imaginar, é possível que essa recuperação venha acompanhada de resistência, ou de questionamentos em busca das respostas ou dos porquês. Por exemplo:

— Por que isso aconteceu comigo?

— O que eu fiz para "merecer" o sofrimento da depressão?

— O que me levou a enfrentar esse processo?

— Será que já tivemos casos de depressão na família?

Como estamos próximos do fim e, até aqui, venho abrindo sem reservas tudo o que aconteceu comigo, gostaria também de partilhar o que fez a diferença nesse estágio pós-depressão: olhar para a frente sem desperdiçar tempo e energia com respostas que não agregam nada.

Essas e outras perguntas que talvez orbitem a mente não irão levar a lugar algum, são desnecessárias porque não mudam o fato. A depressão esteve por aí, a pessoa se libertou e se transformou. Basta!

Vasculhar o que já aconteceu só traz perturbações infundadas e questionamentos que podem acionar memórias ou resgatar fatos que só fazem atrapalhar a reconquista da consciência.

Voltando à analogia, observe que em vez de entender a origem da queda de energia que gerou a ausência de luz, o que é completamente desnecessário, a gente simplesmente acende a luz quando a energia é restabelecida.

Simples assim, a partir daí, vencido e transformado, basta acender a luz da consciência e voltar a viver, ser feliz, alegrar-se por estar de volta.

Chegamos à etapa conclusiva, em que me permitirei abrir ainda mais o coração, sempre com o propósito de inspirar o caminho de quem está em posição de luta diária contra a depressão. Você chegou até aqui e agradeço bastante pela companhia, reforçando o convite: continue comigo, pois ainda tenho um derradeiro conteúdo reservado a partilhar que pode fazer toda a diferença na vida daquela pessoa que você conhece...

CAPÍTULO 11

CAPÍTULO 11
QUAL É O VERDADEIRO SENTIDO DA VIDA?

E u vivia inquieto, sempre correndo pra lá e pra cá, prisioneiro de uma rotina que matava a beleza do meu dia.

Sentia a vida passando a galope e não conseguia segurar as rédeas para apreciar tudo o que ela tinha a oferecer.

Lembro-me que, muitas vezes, pensava:

"Meu Deus, o tempo está passando tão rápido que tenho a sensação de não ter vivido tanto".

No meio de tantos afazeres, perdi a referência de tempo. No meio de tanto trabalho, cuidando de vários assuntos simultaneamente, me desliguei da própria essência.

No fim, essa busca visava cumprir e suprir as necessidades básicas para evitar que a família enfrentasse qualquer dificuldade. Não é que os familiares me pressionassem a viver assim, longe disso. Eu mesmo é que fui impondo mais e mais demandas, sempre com doses de ansiedade.

Aos poucos, minha vida, literalmente, se resumia a uma busca incessante por recursos financeiros. Massacrado por essa rotina de ininterruptas obrigações que a própria mente criou, estava sempre correndo para cumprir atividades quase intermináveis que, em tese, não poderiam ser procrastinadas.

Veja a insanidade desse mecanismo: não havia cobranças por parte de ninguém. Minha mente é que fazia brotar cobranças dentro de mim diariamente e, assim, passava o tempo todo "comprimido" pelo estresse.

Pensamentos pairavam no ar:

"Você não pode deixar para amanhã!"

"Você precisa ter mais foco!"

"Sem determinação e disciplina, você não chegará a lugar algum!"

Com uma enorme carga de ansiedade, vivia de acordo com um "senso de urgência sem sentido", correndo para realizar atividades frenéticas que, na minha mente, precisavam ser executadas o quanto antes.

Esse frenesi trazia sensações horríveis. Cada dia parecia ser o último dia de vida. Tudo era estabelecido como urgente, não distinguia prioridade de urgência, vivia numa correria que beirava a insanidade.

A verdade era uma só. Mas deprimido eu não tinha como enxergá-la, nem conseguia me questionar e fazer a pergunta básica que abriu esta nossa despedida da obra:

Qual é o verdadeiro sentido da vida?

Não bastasse a pressão por prazos e demandas, vivia numa prisão intitulada "a busca pela independência financeira", acreditando que algum dia ela chegaria batendo à porta e dizendo:

— *Olá, cheguei, tô aqui. Agora, você pode ser feliz!*

Nesse utópico momento, em tese eu seria realmente feliz e completo, já que essa tal "independência" traria, quem sabe, algum tipo de "salvação" para o martírio que vivia.

Inocentemente, supunha que, junto a isso tudo, ainda viriam as "validações externas", como o reconhecimento de um sucesso profissional e a realização dos fantasiosos sonhos atrelados ao poder do dinheiro, acreditando que ele resolveria todos os meus problemas.

Não estou pregando nem valorizando a pobreza, tampouco afirmando que o dinheiro não é importante. Longe disso, estou apenas fazendo um breve relato de como vivia e da origem dos pensamentos que me levaram à depressão, justamente para que o leitor possa refletir e se prevenir caso se identifique.

Trabalhando como um *workaholic*, totalmente viciado em trabalho, em determinado momento, de fato, conquistei um patamar que proporcionou a tal independência financeira, vivendo uma posição muito confortável.

Entretanto, percebi que a felicidade não tinha chegado. Não a escutei dizendo "olá, cheguei, tô aqui. Agora, você pode ser feliz". Foi aí que surgiram os maiores e mais perigosos questionamentos para a minha saúde mental:

— *Cadê o novo Júlio?*
— *E agora, vai fazer o que da vida?*
— *O que sobrou de empolgante no trabalho?*

Cabe validar que, em cada minuto do enfrentamento contra a depressão, os meus filhos sempre foram a minha fortaleza, a esperança por dias melhores, a inspiração diante das decisões difíceis (inclusive a produção da obra que neste momento está diante de seus olhos). Mas, exceto pelos filhos, praticamente todas as demais áreas da vida foram afetadas pela depressão que chegou nesse período, impiedosa, escravizadora e massacrante.

Todas essas questões me conduziram a inquietações mentais, que, por sinal, trouxeram muitas perturbações, porque vivia nessa "corrida maluca", querendo alcançar um topo que nem sabia ao certo o que era, buscando o que os "gurus digitais" garantiam ser a "subida ao próximo nível".

Não fazia ideia de que escada seria essa ou quais degraus deveria subir. No fundo, eu só buscava uma coisa: ser feliz. E, como toda busca que não tem um norte e vai para qualquer lado, nem percebi que, ao procurar a felicidade de qualquer jeito, flertava com o seu oposto, a depressão.

Quanto mais procurava ser feliz, mais me afastava da plenitude, absorvendo os efeitos diretos dessa busca, como os elevados níveis de estresse e ansiedade.

Isso não quer dizer que toda busca parecida com a minha pode resultar em depressão. Talvez, alguém até possa sentir-se feliz vivendo um frenesi parecido, mas posso dar o meu depoimento: é difícil e perigoso.

Investi (ou desperdicei) anos tentando encontrar a felicidade fora de mim, em algum lugar ou por meio de alguma conquista. Somente após deixar a mochila do sofrimento e me libertar da depressão, pude entender que essa plenitude nunca esteve fora ou além. Ao contrário, sempre esteve atrelada à essência do ser, à alegria de viver ao lado dos que amo, portanto, dentro de mim.

Quanto àquela fixação pela tal independência financeira, descobri que o ideal era buscar a minha "liberdade financeira". Essa, sim, representou uma grande libertação, pois pude compreender algo com profundidade:

> **"A liberdade financeira não
> é exatamente ter dinheiro, mas saber
> que não depende dele para ser feliz."**

Que fique evidenciado: não tenho nada contra a busca pela independência financeira, no sentido de construir capital ou patrimônio que gere uma

"A LIBERDADE FINANCEIRA NÃO É EXATAMENTE TER DINHEIRO, MAS SABER QUE NÃO DEPENDE DELE PARA SER FELIZ."

renda passiva para manter o padrão de vida, mesmo que não trabalhe mais. O que procuro mostrar, e isso é bem diferente, é que, "no meu caso", funcionou melhor a liberdade financeira, e para explicar, significa que o dinheiro continua sendo um recurso importante, porém jamais há de nortear minha felicidade outra vez.

Assim, ressalto que respeito cada semelhante meu que está vivendo a sua busca pelo primeiro ou por vários milhões, e apenas faço um alerta: adotar o cuidado de fazer tal qual aquela bela canção interpretada por Frejat, intitulada "amor para recomeçar", que diz: "Eu desejo que você ganhe dinheiro, pois é preciso viver também. E que você diga a ele, pelo menos uma vez, quem é mesmo o dono de quem".

A partir desse momento que compreendi essa simples constatação, foi como me libertar da prisão de uma rotina marcada pela incessante corrida diária.

Cabe ainda validar que não passei a viver um conto de fadas. Sim, o dinheiro continua sendo um recurso importante, porque vivemos num mundo capitalista. A diferença é que, naqueles tempos loucos em que trabalhava até 16 horas por dia, jamais pararia um instante sequer para pensar na vida, pensar em mim e pensar no semelhante a ponto de escrever um livro para contribuir com a vida dele.

Jamais parei de trabalhar, pelo contrário, amo a movimentação do dia a dia, mas mudei meu ritmo.

Pude perceber que existem várias maneiras de viver a vida com paz e alegria, sendo que nenhuma delas é dependente direta do dinheiro. Isso, sim, trouxe com simplicidade e naturalidade a tal felicidade que tanto busquei, porque a paz de espírito é valiosa demais. Em suma, representou o sentido da vida que propus no título.

Lembre-se de que o dinheiro pode comprar quase tudo, mas nunca a paz de espírito. O acesso é gratuito, mas depende da conscientização e do amadurecimento.

Tal qual essa paz, da mesma forma acontece com a felicidade. Ambas permeiam a vida de mãos dadas e ocupam, ou deveriam ocupar, a mesma moradia: a essência de cada um, o núcleo de cada existência.

Mesmo a matemática, ciência exata que amo, pode contribuir com a reflexão. Como eu costumo repercutir em minhas palestras Brasil afora, um dia de paz vale mais do que 365 dias de perturbações. Matematicamente, portanto, é melhor viver um ano em completa paz e alegria do que viver uma década inteira de inquietações, cobranças e estresse.

Na imensidão de um oceano, você já reparou como se destaca uma ilha que surge do nada? Nossa vida não é diferente. O oceano é carregado de turbulências, mas em dado momento, até o mar se reencontra com a paz. Assim, nós também precisamos e merecemos identificar o que deixa o "oceano da mente" turbulento, retomando o mesmo silêncio que pode ser contemplado pelos navegantes em dia de mar calmo.

Vivia uma vida com uma intensa carga emocional, carregado de cobranças, era como se fosse velejar por um oceano de turbulências, resolvendo problemas e mais problemas, e encontrava, ao longo desse mar, pequenas ilhas de prazer, acreditando que aquilo seria a tal felicidade. Mas tudo era muito passageiro, uma pequena conquista ali, uma breve viagem lá, um prazer de um bom prato, minúsculos momentos de euforia no sexo, e tudo já tinha passado, era um lapso relâmpago de contentamento.

No meu caso, e seguindo a metáfora que usei, a minha ilha paradisíaca em meio ao oceano, portanto a minha maior e mais pura alegria, a mais intensa e sublime, consiste em estar ao lado dos meus dois filhos, observando os sorrisos deles, sentindo aquele "cheiro de filho", o abraço apertado que se reflete no carinho, no afeto, no amor incomensurável que sinto por eles, e isso me leva a perguntar: qual é a sua bela ilha, que se destaca no oceano de sua existência? Acredite, ali está a proposta que fiz quanto ao verdadeiro sentido da vida.

Por mais genial que seja a nossa mente humana, precisamos nos lembrar de que ela é emocional e racional. Por isso, podemos "sentir" o amor, tal qual acabo de demonstrar. Afinal, amor verdadeiro é aquele que transcende a explicação, que não pode nem precisa ser compreendido. Em outras palavras, podemos entender que a essência divina que habita dentro de nós, advinda do coração, é o portal libertador, é onde encontrei a metamorfose que defendi, é a força que me possibilitou vencer a depressão.

Chegando à reta final, vou compartilhar cinco elementos que foram decisivos para conquistar e manter a minha libertação. Afinal, além de vencer a depressão, precisamos nos manter saudáveis. Novamente, o faço com a esperança de que represente a diferença na vida e no enfrentamento de outros que travam o seu bom combate contra a depressão:

1) **Viver à luz da alegria** – mantenha ou procure recuperar a capacidade de viver com alegria, de estar sempre ao lado da pessoa amada, dos verdadeiros amigos, de apreciar os laços familiares. Por exemplo, eu costumo dizer com absoluta sinceridade "bom dia com alegria!", e quem me conhece sabe o quão sincero sou ao desejar para a vida do outro a mesma alegria que procuro incutir no meu dia a dia. Veja o que você pode fazer nesse sentido, e pode acreditar, existe algo aí que desperta, alimenta e mantém a fluidez de sua alegria;

2) **Contato com a natureza** – curta e viva as coisas boas, belas e simples da vida, como apreciar a natureza, o amanhecer, o pôr do sol, o anoitecer, o brilho das estrelas, o cantar dos pássaros, a companhia sempre alegre e fiel dos *pets*;

3) **Gratidão** – agradeça pelas pequenas conquistas diárias, lembrando de que todas são importantes. O maior presente é o momento presente, é acordar com saúde e disposição, é estar vivo e bem, é estender a mão a alguém que esteja precisando de um sorriso, um abraço, um generoso "servir". Tudo isso, junto ou isoladamente, é motivo de alegria, gratidão e satisfação;

4) **Entusiasmo** – mantenha o entusiasmo pela vida, porque o simples fato de ter um coração pulsante nos conecta a Deus. Lembre-se de que a etimologia de "entusiasmo" leva a "ter Deus dentro de você". Assim, lembre-se que você é um ser cuja essência não existe igual em todo o planeta, e isso, por si só, comprova essa parte divina que habita dentro de nós;

5) **Liberdade** – preserve o seu direito de pensar e agir conforme aquilo que acredita, sente e valoriza, sem jamais se guiar por aquilo que os outros afirmam ser "uma tendência social", sem permitir que a mídia diga quem você deve ser para pertencer a determinada classe. Lembre-se de que o mais importante no processo de manter-se saudável é dotar-se da liberdade de ser quem você é, de viver como deseja, ao lado daqueles que escolheu.

Enfim, chegamos ao momento da despedida. Deixo claro que este é o primeiro livro de uma longa série, que espero e peço a Deus ter saúde e determinação para entregar. E, claro, não poderia deixar de agradecer a você, leitor(a), que esteve comigo na jornada. Quero expressar minha grande alegria e gratidão por permitir compartilhar com você todo este conteúdo que mudou a minha vida, transformou a minha maneira de pensar, de agir, de enxergar a vida, as pessoas, o mundo. De certa forma, você levou a minha vida para dentro de seu lar e agradeço pela acolhida!

O conteúdo que compartilhei até aqui me ajudou a vencer o maior desafio da vida, superar a depressão. Se você conhece alguém que também está vivendo essa luta, peço de coração que faça o meu texto chegar aos olhos e ao coração dessa pessoa.

Finalizo humildemente respondendo a uma das principais perguntas que o ser humano merece fazer: "Onde está verdadeiramente o sentido da vida?"

Esse segredo, a meu ver, está em descobrir o maior propósito da vida, que mora dentro de você e não pode ser encontrado em coisas externas. Essa resposta é intrínseca, pessoal e intransferível, e só pode acessá-la quando começa a viver com espontaneidade, quando o caminhar se torna uma grande aventura, quando a arte de viver traz alegria e contentamento, o instante exato em que se consegue descobrir a alegria **durante** o caminho, exatamente no meio de todo o processo, no aprendizado diário. Ou seja, o sentido da vida (lembrando que se trata apenas da minha humilde e bem-intencionada opinião) é aquele momento em que você esquece o caminho de ontem, não se preocupa com o de amanhã e passa a ter apenas um objetivo grandioso: viver, com o máximo de empenho, o caminho de hoje.

Quando você descobre que viver já é o seu melhor presente e o maior milagre que já recebeu, a comunicação direta entre você e Deus está firmada.

Nesse caminho que você segue, preparado por Ele, através dos Seus desígnios, cabe apenas confiar e dar o seu melhor.

A partir da confiança nessa conexão maior entre você e a porção divina que existe dentro de você, brota o senso de direção, a segurança necessária, o poder da Criação, e toda a sabedoria necessária para ter a melhor vida possível. Exatamente nesse contexto, há de emergir a paz interna de onde emana toda a nossa alegria, plenitude e felicidade.

Despeço-me deixando um grande e fraternal abraço. Se eu puder, humildemente, ajudar de alguma maneira, nas redes sociais você me encontrará com facilidade.

Até breve e bom dia, boa tarde ou boa noite com alegria!

FIM

Conheça um pouco mais sobre meu trabalho, acesse o *Qr code* a seguir: